청춘의 소멸

청춘의 소멸

한동일 소설

차
례

청춘의 소멸

—도시의 청춘에게

청춘의 소멸

—도시의 청춘에게

1부

5월 5일

집에서 나와 좁은 골목을 지나 큰 도로에 도착했다. 도로 양옆은 상점이 가득했고, 그 사이로 도시인의 파도가 밀려왔다. 그들의 얼굴은 웃음으로 채워져 있었다. 도시의 틈을 메우고 있던 나는 허름했고, 쑥스러웠다. 누군가와 눈이 마주쳤다. 나는 그 시선을 참지 못해 고개를 돌렸다. 그리고 작은 골목으로 향했다. 그곳에서도 도시의 화려함을 볼 수 있었다. 이리저리, 구석구석 도시를 관찰했다. 끝없이 엮인 경로를 통과하며 사람과 그들이 만들어 낸 인공물을 마주했다. 어느 지점에 이르자 커다란 건물이 나를 막아섰다. 나는 건물 끝을 향하던 어리숙한 눈을 한 칸 내렸다. 상점의 벽을 채운 유리 안에 내 실루엣이 투영되어 있었다. 이전에는 한 번도 보지 못했던 두려움이 얼핏 새어 나왔다. 다시 한참을 정처 없이 걷다 대로변 건물 입구의 계단에 앉았다. 꽤 피로했다. 다리 위에 팔을 올려 턱을 괴고 몇 미터 앞을 멍하니 응시했다. 시점은 인도를 지나 차도에 머물렀다. 그곳은 무채색의 자동차로 가득했고 인도는 회색빛의 사람이 퍼져 있었다. 까만 정장을 입은 남자, 회색 티셔츠를 입고 지나가는 커플, 가끔 튀어 오르는 붉은 입술을 한 여인, 빠르게 지나가는 모두가 합쳐졌다. 도시인의 모습이 뭉개졌다. 그들은 비슷했다. 내 생각만이 나를 주눅 들게 만들었다. 시점을 당겨 내 주변을 바라보았다. 어느새 내 옆과 앞에 사람들이 앉아 있었다. 머리를 짧게 자른 왼쪽의 남자는 전화기를 몇 차례 확인하더니 누군가의 전화를 받고 떠났다. 블랙진에 검정 티셔츠를 입고 있던 눈이 큰 여성은 거울을 보고 화장을 고치길 여러 번, 그사이 일행으로 보이는 남자가 도착하자 진한 향수를 남기고 떠났다. 이내 빈자리는 다른 사람으로 채워졌다. 흰 티셔츠와 청바지를 입고 있던 나는, 그곳은 임시 장소이기에, 자리에서 일어나 걸었던 길을 거슬러 갔다. 그리고 골목 구석에 자리 잡고 있던 내 작은 집으로 돌아왔다.

8월 15일

동경만으로 도시로 이주한 나에게 제대로 된 직장은 쉽사리 다가가기 어려운 존재였다. 수십 차례 시도했던 취직은 실패했다. 임시직도 구하기 어려웠다. 조바심 났지만 두렵지 않았다. 나와 비슷한 사람들과 꿈을 공유할 수 있다는 막연한 희망이 나를 붙잡았다. 그렇다고 대책이나 계획을 세운 건 아니었다. 그저 컴퓨터 앞에 앉아 적당히 지냈다. 실패, 그것으로부터 수반될 빈곤한 미래 그리고 도시 밖으로 내몰릴 한 명의 청춘은 상상하지 않았다. 내가 헌신한다면 언젠가 이 도시도 나의 존재를 알게 될 거라고 믿었다. 나를 인식해 주기만 해도 충분했다. 내게 냉정한 비웃음을 일삼아도 묵묵히 들어 줄 준비가 돼 있었다. 인생의 판타지가 존재하는 이곳에, 표류하는 운명의 닻을 내리기 위해 감내할 수 있었다. 부유하는 먼지처럼 치부해도 불만은 없었다. 이 모든 것은 도시인이 되기로 한 순간부터 시작되었다. 하지만 도시는 돈을 갈구했다. 공기를 제외하고 모든 것에 가격표가 붙어 있었다. 도시의 요구에 적은 돈은 금세 바닥났다. 소소했던 일상마저 단조로워졌다. 쉽게 맺은 관계는 거리를 두었고, 소비는 줄였다. 어쩔 수 없이 도시 밖의 부모님에게 의지했다. 나와 부모님 양쪽을 동시에 갉아먹었다. 그럴수록 나의 조바심은 짙어졌고 부모님의 불안도 함께 커졌다. 공간적으로 분리돼 있을 뿐, 나는 여전히 부모님 아래에 서 있었다. 그들의 불안은 전화로 옮겨 갔다. 부모님은 여러 사람에게 전화했다. 전화를 받은 사람도 또 다른 누군가와 통화했다. 그리고 A 교수에게까지 닿았다. 며칠 뒤 나는 그를 만났다. 서로가 원하는 것이 확실했다. 일은 빠르게 정리되었다. 결국 그의 작은 연구소에서 일하게 되었다.

9월 8일

A 교수의 연구소는 도시 뒤편, 좁은 골목에 자리 잡고 있었다. 연구소 건물에 있는 유일한 엘리베이터는, 금방이라도 추락할 듯한 소음을 냈다. 오르내릴 때마다 불안했다. 직원은 다섯 명이 채 되지 않았다. 작은 사무실은 그들로도 충분히 붐볐다. 오가는 사람도, 그들을 찾는 전화도 드물었다. 그것이 내가 있어야 할 곳의 인상을 결정했다. 지극히 외형으로만 판단하던 나는 무관한 존재처럼 굴었다. 그곳을 하찮게 여겼다. 나는 누구보다 고루한 사람이었다. 하지만, 쉽게 인정할 순 없었다. 언제든지 떠나기 위해 트렁크를 열지 않은 여행객인 척 행동했다. 그렇다고 탈피하기 위한 시도를 한 것은 아니었다. 그저 도시의 삶을 이어 나가기 위해, 경멸의 감정은 한쪽 구석에 눌러 담아 둔 채, 너무도 빨리 현실에 안주했을 뿐이었다. 적당한 월급에 남아도는 시간을 취향대로 소비할 수 있는 선택

권은 독이었다. 그 두 가지에 매몰되어 실패와 멸시의 감정은 쉽게 사라졌다. 비 오는 날은 우산을 쓰고 그 안에서 빗소리를 들으며 도시를 산책했다. 맑은 날은 커피숍 테라스에 앉아 빌딩 유리에 반사된 저녁 풍경을 감상했다. 바람이 불면 쉽게 날아갈 수 있는 자유롭고 편한 시간이었다.

11월 2일

"오늘도 수고하셨습니다. 먼저 가 보겠습니다."

집으로 돌아가기 위해 시끄러운 엘리베이터를 타고 1층으로 내려왔다. 몇 걸음 걸어 건물 입구에 섰다. 예상하지 못한 옅은 저녁 비가 내리고 있었다. 하릴없이 입고 있던 긴 코트를 머리 위까지 올려 쓰고 인근 지하철역으로 향했다. 얼굴을 숨긴 채 좁은 골목을 걸었다. 나를 가리자 도시 생활 내내 좁혀 두었던 시선이 비를 뚫고 퍼져 나갔다. 지나치는 사람들을 훔쳐봤다. 지하철 환풍구 위에 누워 쏟아지는 비를 온몸으로 받아 내고 있는 취객, 인도 위를 달리는 오토바이, 전신주 아래에서 얼굴을 바닥에 댄 채 시커먼 손을 내밀고 있는 노숙자, 흙탕물과 쓰레기로 뒤섞인 울퉁불퉁한 인도를 걷고 있는 사람들이 보였다. 문득 그들이 보는 나는 어떨까 하는 의문이 들었다. 도시가 매기는 나의 값어치는 방금 내가 봤던 사람들만큼일까. 탄식이 쏟아졌다. 그 위에 굴욕과 분노가 포개졌다. 현실의 나를 직시할 수 있었다. 하지만 이미 나는 도시의 서늘함을 알고 있었기에 어찌할 방법이 없었다. 도시의 조그마한 보호막 안에서 내 삶은 밀려가고 있었다. 이곳에서 처음으로 마주한 나의 두려움을 형상화한다면, 아마 지금의 모습일 것이다. 무너진 기대와 흐려진 미래. 더 이상 방관하면 안 된다는 생각이 엄습했다. 나는 삶의 방향을 틀어야만 했다.

11월 29일

대학교 후배인 O를 만나기로 했다. 그는 취직을 위해 나보다 몇 년 앞서 도시로 왔다. 그리고 얼마 지나지 않아 성공한 증권사 직원이 되었다. 대학 시절 우리는 자주 어울렸다. 대부분 의미 없이 시간을 소비했지만, 가끔 미래에 대해 진지하게 이야기하기도 했다. 그럴 때마다 그는 자신을 또렷하게 바라보고 싶어 했다. 하지만 O 역시 다른 청춘들처럼 미숙했기에 그곳에 도달할 방법도 과정도 알지 못했다. 그러던 어느 날, 그는 내게 도시로 전향해야겠다고 했다. 도시에서의 생존이 그에게 많은 것을 알려 줄 거라고 했다. 이 선택이 나로부터 달아나거나, 엉뚱한 곳으로 선회하게 만들 수도 있겠지만 결국엔 자신에게 돌아올 거라 확신했다. 그때부터 O는 도시에서 버텨 낼 수단을 찾기 시작했다. 많은 것을 비교하고 평가했다. 종국에 그는 증권사 딜러가 되기로 결정했다. 너무도 인간적이었던 그가 정작 늘 경멸해 오던 것을 선택했다는 건 의외였다. 나는 그를 알고 있었다. 그는 삶의 방향이 타인을 향해 나아가길 꿈꾸는 사람이었다. 그럼에도 그는 지극히 속물적인 사람이 되기에 망설임이 없었다. 스스로 모순을 만들었다. 그는 덤덤했고 나는 불안했다. 그가 도시 안에서 표류할 거란 생각을 떨칠 수 없었다. 나는 O가 걱정됐다.

도시로 온 뒤로 나는 O와 자주 만났다. 나는 시간이 많았고, O는 돈이 많았다. 무엇을 하든 그가 돈을 냈다. 부담스러워하지 말라고 했다. 이곳에서 일 외의 이유로 만나는 사람은 나뿐이니 그게 대접받을 자격이라고 했다. 퇴근 후 O의 부탁으로 그의 직장 근처, 한 술집에서 만났다. 내가 그곳에 도착해 자리에 앉자 O가 물끄러미 나를 바라봤다. 그의 깊은 두 눈은 무엇인가를 말하고 있었다.

"무슨 일 있어?"

내 질문에 그는 미소를 머금은 뒤, 이내 그 눈빛을 거두었다. 그리고 환하게 웃었다. 이상한 녀석이란 생각이 들었다. 하지만 술집의 텁텁한 공기 속으로 쉽게 사라졌다. 나는 고개를 돌려 술과 함께 저녁을 대신할 안주를 주문했다. 그러고는 그를 보며 오늘은 어땠는지 물었다. O는 오늘이 어제였고, 또 내일이기도 하다고 답했다. 그에게 도시의 3일은 언제나 같았다.

얼마 지나지 않아 술집은 사람으로 가득 찼다.

타인의 목소리가 우리의 테이블마저 침투하려 했다. 우리도 그러했다. 경계를 팽팽하게 밀어냈다. 그럴수록 배타적인 공간은 유지된 채 그 안에서의 거리는 가까워졌다. 도시인은 영역을 공유하고, 감정의 파편을 공유했다. 그들은 좁은 테두리 안에서 존재했다. 테이블 위에 놓인 O의 휴대폰 화면이 켜졌다. 걸려 온 전화였다. 그는 짧게 우리 위치를 설명하고 전화를 끊었다. 그는 나를 바라보며 한 시간 정도 후에 이곳으로 한 명이 더 올 것이라고 했다. 누구냐는 나의 질문에 O는 여자를 소개해 주겠다고 했다.

주문한 술과 안주가 나왔다. O와 나는 건배를 하고 술을 마셨다. 잔이 수차례 파열음을 냈다. 어느새 취기가 오르기 시작했다.

"형, 내가 얼마 전에 보낸 이메일 읽어 봤어?"

"무슨 메일? 아무것도 안 왔는데."

"뭐야. 아직도 안 봤어? 또 스팸으로 들어간 거 아냐?"

"그런가?"

나는 머쓱하게 웃으며 집에 가서 꼭 확인하겠다고 답했다.

술에 취해 반쯤 정신을 놓은 나에게 한 시간은 몇 초처럼 지나갔다. 문 열리는 소리와 함께 한 여인이 가게 안으로 들어오더니, O와 반갑게 인사했다. 옆에 있던 나는 천천히 그녀를 바라봤다. 긴 머리는 흐트러짐 없이 뒤로 단단히 묶여 있었고, 얼굴에는 검은 뿔테 안경이 얹혀 있었다. 하얀 블라우스, 무릎까지 오는 회색 스커트를 입고, 굽이 높은 검정 구두를 신고 있었다. 그녀는 어깨에 메고 있던 사치스러운 가방을 의자에 내려놓은 뒤 내 맞은편에 앉았다. O의 소개로 우리는 인사했다. 그녀는 O의 동료였다.

O는 나와 그녀를 소개했다. 반갑다는 의미의 건배를 했다. 여러 번 술잔을 비웠다. 그녀마저 취기가 오른 무렵, O가 먼저 가겠다고 했다. 이제 오늘 할 일은 끝났다고 했다. 그녀와 나는 그의 의도를 알았기에 그를 배웅해 주기 위해 O를 따라 밖으로 나왔다. O와 인사했다. 겹겹이 쌓인 인파 속으

로 O가 사라졌다. 다시 자리로 돌아왔다. O가 떠난 자리만큼 테이블은 허전해졌다. 그 틈으로 어색함이 스며들었다. 술집의 소음이 밀려왔다. 그러자 어색함은 가라앉고, 그녀와의 거리는 다시 가까워졌다.

그녀는 나를 보며 이곳에 온 지 얼마나 됐는지 물었다.

"두 시간쯤 됐나. 잘 모르겠어요."

그녀가 웃었다.

"이 도시에 온 지 얼마나 됐냐고요."

"아! 몇 달 됐어요."

"친구는 많이 만들었어요?"

"아뇨. 일하고 혼자 노는 시간이 많아요. 가끔 O나 다른 친구를 만나기도 하는데 보통은 혼자 지내요."

그녀는 나와 비슷했지만 달랐다. 그녀는 여유가 없었다. O와 같았다. 갓 도시로 정착했을 때 그들은 서툴렀지만 날것의 화려함이 존재했다. 하지만 도시는 청춘을 내버려두지 않았다. 도시가 원하는

틀에 끼워졌다. 튀어나온 모서리는 갈려 나갔다. 수반되는 고통은 참으라고 강요되었다. 고통마저 무뎌지자 도시가 원하는 형태로 재포장되었다. 공산품이 되어 가고 있었다. 그들은 간추려졌다.

술에 취한 그녀는 자신이 처음 도시에 왔을 때의 모습을 나로부터 느낄 수 있다고 말했다. 이미 자신을 도시에 맞게 조소(彫塑)했고 버린 줄만 알았던 그녀의 부스러기를, 서로 다른 시간의 지점이 교차하면서 나로부터 발견한 것이었다. 그녀는 검정 안경을 벗어 탁자 위에 내려놓았다. 그리고 맨눈으로 나를 응시했다. 나도 그녀를 마주 보았다. 그녀는 내게 도시인이 되어도 거울 안의 내 모습을 바라볼 수 있기를 바란다고 했다. 나는 이해하지 못했지만 그럴 것이라고 대답했다. 그녀가 웃었다. 나도 따라 웃었다. 그녀의 얼굴에 꽃이 피었고 내 마음에는 봄이 왔다.

2월 29일

우리는 몇 번의 만남 뒤에 연인이 되었다.

4월 1일

인턴 계약이 얼마 남지 않았을 때, A 교수가 나를 불렀다. 시답잖은 이야기를 짧게 한 뒤 한 가지 제안을 했다. 근무 시간을 조정해 줄 테니 대학원에 진학하는 것이 어떻겠냐고 말했다. 가능성이 있으니 조금 더 배우고 나면 정식 연구원으로 채용하겠다고 했다. 그전까지는 계약직으로 지내라고 했다. 나에게 의사를 물었다. 연구소는 내가 필요했다. 오로지 연구원들의 편의를 위함이었다. 내 업무는 무의미해 보이는 자료를 정리해 보고서에 사용할 수 있는 형태로 다시 요약하는 일이었다. 누군가는 해야 했고 많은 시간이 수반되는 번거로운 작업이었다. 그들이 하기에는 하찮다고 치부되는 일이기도 했다. 누구나 할 수 있었지만 만족할 만한 수준은 드물었다. 수많은 인턴 중에 나는 그들이 처음으로, 유일하게 받아들이고 싶은 임시직이었다. 도시의 내가 그들의 시간과 좋은 평판을 벌어 주고 있는 셈이었다. 그들은 현재를 지속하고 싶어 했다.

도시에서 최초로 배정된 내 역할에서는 그럴 이유가 없었다. 계약된 조건만 충족시키면 그만이었다. 나를 그들의 일원으로 인정할 거란 가능성 역시 낮았다. 하지만 조타의 필요성을 느꼈을 때 실망한 도시에게 용서를 비는 내 모습이 상상됐다. 일상을 박탈당하고 얼굴은 가린 채 무릎 꿇은 도시인이, 한낮의 취객이 그려졌다. 구멍 난 우산 사이로 떨어진 빗방울에 젖은, 고개 숙인 여인이 보였다. 이곳마저 실망시킨다면 또다시 눈에 차지 않는 회사로부터 거절당할 게 뻔했고, 부모님에게 부탁해야 하는 상황이 반복될 것이 당연했다. 반드시 나를 도시에 맞추어야 했다. 도시에서의 생존은 매일 나를 조금씩 떼어 내 도시에게 주어야 하는 일과도 같았다. 걱정이 들었다. 한정적인 내 하루를 지속할 수 있을지 불안했다. 결국에는 내 것의 무언가를 소진해야 종결되는 것이었다. 그것이 혐오스럽다면 도시의 삶을 포기하면 되었다. 하지만 그럴 수 없었다. 그런 나에게 있어 교수의 제안은 강제와 다를 바 없었다. 도시로 오기로 결정한 것을 제외하고, 단 한 번도 능동적이지 못했던 나는 너무도 쉽게 그 제안을 받아들이기로 했다.

—

　나의 대학원 지도교수 B는 A 교수의 친구였다. 대학원에 진학하기 직전, 연구소에서 B 교수를 만났었다. 그 자리에서 A 교수는 나를 유능한 연구원으로 소개했다. B 교수는 무표정한 얼굴로 나를 훑어본 뒤 가볍게 인사했다. 시간의 마찰이 남긴 B 교수의 빛바랜 머리카락은 얼굴만큼이나 하얬고, 두꺼운 안경 뒤의 눈은 매서웠다. 그는 그 자리에서 꽤 오랫동안 이야기했다. B 교수는 직설적이고 냉정하며 비인간적이었다. 그에게서 이탈하는 대학원생이 많았다. 그 탓에 연구를 보조하고 프로젝트를 끌고 갈 인력이 턱없이 부족했다. 그는 결국 상황을 타개하기 위해 B 교수에게는 달갑지 않을 방법이라는 걸 알면서도, A 교수에게 면담을 요청한 것이었다. 나는 중간에 자리를 옮겨 뒤의 대화를 들을 수 없었다. 다만 나중에 알게 된 것은, 여

러 가능성을 검토한 끝에 나를 B 교수의 지도학생
으로 결정했다는 것뿐이었다.

그와 마주치는 횟수가 늘어 갈수록 그의 실체를
목도할 수 있는 기회도 많아졌다. 그는 대학원생의
수준이 낮다고 지적했고, 그 수준을 벗어나려는 노
력 역시 형편없음을 집어냈다. 상대에 대한 평가의
기준은 절대적으로 자신에게 맞추어져 있었다. 교
묘한 모독은 일상이었다. 인간적인 교류와 교감도
요구하지 않았다. 어떠한 상황도 그의 계획에서 이
탈할 사유가 되지 못했다. 한번은 그의 연구실에
서 일하던 한 학생이 실신하여 이송되는 일이 있었
다. B 교수가 진행하던 프로젝트를 처리하느라 과
로한 탓이었다. 이송된 뒤로 그 대학원생은 한동
안 모습을 보이지 않았다. 그리고 2주가 지나서야
B 교수 연구실에 다시 나타났다.

"죄송합니다." 대학원생이 말했다.

B 교수는 대답하지 않고 읽고 있던 책에 집중했
다. 대학원생은 두 손을 앞으로 가지런히 모으고,
벌서는 학생처럼 가만히 서 있었다. 몇 분에 한 번

씩 책장 넘어가는 소리가 들렸다. 학생은 아무 소리도 내지 못했다. B 교수가 책을 덮었다. 그리고 책을 내려놓았다.

"평소에 컨디션을 관리하지 못한다는 건 실력이 없다는 거야. 프로젝트가 끝나서 망정이지, 생각보다 무책임하구나. 불안해서 일을 맡길 수가 없겠다." B 교수가 말했다.

"죄송합니다." 학생이 말했다.

"가 봐." B 교수가 말했다. 대학원생은 인사한 뒤 뒷걸음질 쳐 조용히 문을 열고 나갔다. 그것이 2주 만의 만남에서 오간 대화의 전부였다. 그 뒤로 나는 그 대학원생을 만나지 못했다.

―

그는 사람들을 움츠러들게 했다. 가혹할 정도로 냉정했다. 그래도 그가 필요한 사람들은 끊임없이 도전했다. 그리고 그중 소수만이 선택받았다. 중간에 이탈한 자들은 최소 2년을 박탈당했다. 많은 청춘이 쉽게 나타나고 사라졌으며 대체됐다. B 교수는 신경 쓰지 않았다. 원하는 시간에 필요한 장소에서 이용할 수 있는 전용 택시는 한 대면 충분했다.

나 역시 작은 연구소에서 탈출해 원하는 곳으로 이동하기 위해 그가 필요했다. 나도 모르게 연구소 일은 소홀해졌다. 남는 시간은 B 교수에게 전념했다. 그를 위한 귀는 열어 둔 채 입은 최소한만 남기고 닫았다. 취향은 모조리 쳐 냈다. 언제부턴가 나는 그를 모방하고 있었다. 가능한 한 그와의 접점을 늘려야 했다. 대학원에 진학한 해 12월, A 교수에게 말했다.

"대학원 공부 때문에 연구소는 그만둬야 할 것 같습니다. 양쪽 다 제대로 못 할 것 같아서요. 죄송합니다."

내 말에 키보드를 두드리던 소리가 사라졌다. A 교수는 코끝에 걸쳐 있던 안경을 고쳐 썼다. 물끄러미 날 봤다.

언제까지 출근할 수 있냐고 물었다.

1월 말까지라고 했다.

2월에 프로젝트가 끝나는데 그때까지 해 줄 수

없냐고 물었다.

즉시 불가능하다고 답했다.

숨을 고른 그는 처음보다 많이 좋아졌는데 아쉽다고 했다. 이번 달까지만 나와 달라고 했다.

알겠다고 했다.

12월 말이 됐다. A 교수는 그동안 수고 많았다고 했다. 그와 악수했다. 그리고 나머지 사람들과 인사했다. 내 짐을 챙겨 쇳소리 나는 문을 닫고 나왔다. 그렇게 쉽게 헤어졌다.

5월 15일

대학원 생활에 몰두하기 시작하자 B 교수의 지시는 일상까지 밀고 들어왔다. 정상적인 방법으로는 도저히 처리할 수 없을 정도로 일이 쏟아졌다. 어쩔 수 없이 잠까지 보류했다. 간혹 그와 그가 던져 주는 일에 의문이 생기기도 했다. 하지만 그를 모방하기로 한 날부터 그를 의심하지 않았다. 의식의 조작이 지속되자 내 안으로 많은 것이 침잠되었다. 나는 어느 지점까지 천천히 이동하고 있었다.

나도 모르게 의식 아래 심연까지 그렇게 원하던 도시인이 되고 있던 것이다. 그러던 어느 날, 학과 모임에서 B 교수는 나를 확정지었다.

"우리 같은 사람들은 그런 거 필요 없어." B 교수가 나를 보며 말했다.

6월 29일

그녀가 내게 여행을 가자고 했다. 나와 함께라면 기꺼이 도시를 뒤로하고 떠날 수 있다고 했다. 자동차를 빌려 그 공간에 우리를 맡겼다. 차는 오래되었고 작았지만, 도시의 아스팔트를 밀어내기에 충분했다. 자동차는 곧게 펼쳐진 도로를 힘차게 밀고 나아갔다. 이내 도시는 미니어처가 되더니 저녁 불빛 안으로 숨기 시작했다. 양옆의 거울에 담길 만큼 도시의 숲은 작아졌다. 완전히 도시를 벗어났을 때 태양은 지평선 끝에 걸려 달에게 자리를 내주었다. 푸른 하늘과 붉은 태양과 하얀 달이 보였다. 빛 아래 어스름한 두 명의 청춘은 어둑했지만 찬란했다. 휘감고 있는 총천연색의 빛을 발산하고 있었다.

　달리는 도로 위로 어두운 구름이 끼었다. 비가 내렸다. 우리는 길 한쪽에 차를 세웠다. 시동을 껐다. 루프와 창문을 두드리는 빗소리에 귀를 기울였다. 그녀를 처음 봤을 때의 두근거림, 처음으로 도시의 밤을 마주한 날이 동시에 되살아났다. 서로를 바라봤다. 우리는 아무 말 없이 빙그레 웃은 뒤 뒷자리의 하얀 우산을 꺼내 차 밖으로 나갔다. 대지를 가르는 하나의 도로 위에 한 쌍의 연인이 서 있었다. 우산이 너무도 작아 건조한 어깨는 비에게 내주었지만, 그 공간은 쉽게 같은 호흡으로 채워졌다. 그러는 사이 그녀와 내가 신었던 하얀색 신발은 모두 젖어 움직이기 어려웠다. 그래도 우리는 함께하고 있었다. 그녀가 나를 보며 환하게 웃었다.

　매력적인 여인이었다. 서로가 바쁜 시간에도 그녀에 대한 그리움은 입가의 미소가 되어 손끝을 타고 전화기 속 문자로 그녀에게 날아갔다. 언제나 그랬듯 따듯함을 담은 회신이 내 눈을 거쳐 가슴속에 머물렀다. 연락은 조금씩 뜸해지고 만나는 횟수도 자연스레 줄어들었지만 서로를 향한 애정은 여전했다. 그 믿음은 서로의 일에 집중할 수 있는 원동력이 되었다. 즐거웠고 행복했다. 전형적인 도시 커플들의 연애 과정을 답습하고 있었음에도, 사랑은 충만했다. 영화를 보며 함께 눈물 흘리고 웃었다. 낮에는 차를 마시고 저녁에는 술을 마셨다. 휴일에는 강가로 가 다른 도시인들을 바라보며 햇살을 즐겼다. 우리의 시간이 누적되면서 나의 원시적 감성은 그녀에게 전달되었고, 그녀의 도시적 감성은 나에게 수용되었다. 우리는 중첩되었다.

그녀의 일상에 변화가 생겼다. 무채색 일변도였던 그녀의 옷은 계절에 맞추어 색을 입기 시작했다. 뒤로 묶었던 머리카락은 푸는 날이 많아졌고, 조금은 밝은색으로 바뀌기도 했다. 구름이 걷히고 달빛이 그녀에게 쏟아져 내렸다. 환하게 웃고 있던 그녀로부터 허술했던 도시인을 느꼈다. 그와 동시에 어설픈 도시인이었던 나는 그녀가 했던 경고가 현실이 될까 두려웠다. 그건 우리의 이별을 예고하는 것이었다. 그녀에게 사랑을 느낀 시점에 나는 그 사랑 바로 밑에 이별을 매달아 놓기로 했다.

—

　B 교수가 나를 호출했다. 졸업 논문에 필요한 연구 상황을 설명했다. 일정대로 정확히 이행되고 있었으며 만족할 만한 결과를 내고 있었다. 그는 고개를 끄덕였다. 책상의 서류를 보며 말하던 교수는 쥐고 있던 펜을 놓고 고개를 들어 나를 바라봤다.
　"이제 마지막 학기지? 학점도 다 채웠을 거고 논문만 쓰면 졸업이군. 계획은 어떻게 되나?"
　"박사학위를 할지, 취직할지 반반입니다."
　"박사학위를 하고 나면 교수를 하거나 연구원에 들어가야 할 텐데. 투자할 가치가 있나? 졸업하고 나면 선택권은 더 좁아질 걸세. 시간만 낭비할 수도 있다는 걸 알아야 하네. 무엇이 필요한지 잘 생각해 보게."
　대꾸할 수 없었다. 그는 말을 이어 갔다.
　"OO리서치에 추천서를 써 주겠네. 딱 한 차례 내 학생에게 비슷한 추천서를 써 준 적이 있었네만, 그 친구는 나를 너무도 실망시켰지. 그 이후로 만족할 만한 학생들이 없었어. 하지만 자네만큼은 다를 거라는 생각이 드는데. 어떤가? 거긴 연봉도 꽤 높아.”

그는 이유를 설명하지 않았다. 나에게 의사만 물었다. 내심 놀랐지만 태연한 척 제안은 고맙다, 고민해 보겠다고 말했다. 내 대답에 그는 시선을 내리고 키보드를 두드렸다.

“자네는 합리적으로 판단할 거라 생각하네. 가보게. 실험 자료는 메일로 보내고.”

연구실을 나와 복도를 걸었다. 박사학위를 딴다는 것은 거짓말이었다. 유명 대학 출신이 아니고서는 교수가 된다는 것은 불가능에 가까웠다. 대학 졸업 후 열리지 않던 도시의 문이 대학원 졸업 후 조금은 수월해질 수 있다는 기대를 품었을 뿐이었다. 누군가에게는 가벼웠을 과정이 내게는 버거웠고 번거로웠다. B 교수는 그 과정을 일순간에 삭제해 주었다. 냉철하게 나를 꿰뚫고 있던 그는 쉽게 내 욕망을 채워 줄 수 있었다. 그에게서 먼저 도착한 도시인의 이점을 보았다. 나는 뒷골목의 작은 연구소가 아닌 도시의 중앙에 들어가고 싶었다. 이제야 진정한 도시인이 될 수 있을 거라 기대했다.

—

"지도교수가 대학원 졸업하면 OO리서치에 추천서 써 준대."

"진짜? 취직해야 하니까 당연히 감사합니다, 빨리 써 주세요, 해야지." 그녀가 웃으며 말했다.

"박사학위를 할지도 모른다고 했거든."

"박사…… 지금보다 더 오래 걸리잖아. 그런데 회사에 박사학위로 가면 좋은 거 아냐? 선임 연구원 같은 걸로 갈 수 있을 텐데……."

"가능성은 있는데 추천서를 또 써 준다는 보장이 없어. 회사에서 안 뽑을 수도 있고. 그렇게 생각하면 지금 추천서 써 달라고 하는 게 맞는데 잘 모르겠어. 취직하면 너를 만나고 싶을 때 만나는 건 불가능해. 지금보다 시간이 없을 거야."

그녀가 한숨을 쉬었다. 이어서 내가 말했다.

"그래도 돈은 차곡차곡 쌓이고 있으려나."

"내가 회사 그만두면 되지. 최근에 어느 스타트업에서 스카우트가 왔어. 연봉은 줄어도 내 시간이 많이 생길 것 같아. 아직 답은 안 했는데…… 그렇게 되면 내가 네 시간에 맞출게. 조금만 더 공부하면 안 돼?" 그녀가 말했다.

"안 돼. 이제는 돈 벌어야 돼."

그녀가 물끄러미 나를 바라봤다.

"그래. 어쩔 수 없지……."

그녀가 오른손을 내 뺨에 대고 말했다.

"힘들 거야."

그녀와 함께하는 시간이 늘어날수록 O와의 만남은 줄어들었다. 오랜만에 술집에서 O를 만났다. 술을 마시며 추천서 이야기를 또다시 꺼냈다. O는 축하한다고 했다. 우리는 서로 최근에 생긴 일을 얘기했다. 그러다 O는 기억나는 일 한 가지를 말했다.

"저번에 진짜 부자 고객이 한 명 왔었는데 자기

딸을 소개해 주겠대. 그때 실적이 좋아서 돈을 많이 벌어 줬거든. 자기 딸이랑 사귀면 돈을 더 벌어줄 줄 알았나 봐. 나도 웃긴 게 일하기는 또 너무 싫을 때였어. 그래서 다음에 기회 되면 그렇게 하겠다고 했지. 신기하게 그 말을 하자마자 얼마 뒤에 주식이 폭락해서 손실이 크게 났어. 그랬더니 없었던 일인 것처럼 하더라. 전화해서는 이렇게 하고도 돈을 받냐고 비아냥거리더라고. 죄송하다고 했지. 조금만 더 버텼으면 그 집으로 들어가서 이 일은 안 하고 살아도 됐을 텐데.”

O가 웃었다. 그리고 우리는 시시콜콜한 이야기를 하며 술을 마셨다. 취기가 빨간 두 눈까지 올라왔을 때였다.

“오판했어……. 행복은 둘째치고 아침에 일어나는 게 두려워. 종일 울리는 전화가 두렵고 나를 믿고 돈을 투자해 준 사람들의 눈빛이 무서워. 그런데 그 사람들에게 미안하기도 해. 내가 살아남기 위해 그 사람들을 기만했어. 이곳에서 생존하기 위해 모두에게 잘돼 가고 있다고 거짓말했어. 아는 사람은 늘어 가는 데 외로움은 점점 커져. 안부는 커녕 돈은 잘 벌고 있냐는 인사 같은 협박이 전부야. 가끔 전해 오는 부모님의 전화에 잘 지내고 있다고 아무렇지 않게 말했어. 그냥 하루하루 잘 참고 있다……."

O가 말했다. 몇 년 사이 O는 얼굴도 마음도 많이 늙어 버렸다.

2부

수많은 사람이 삶을 지탱하기 위해 새벽부터 움직인다. 말끔한 옷을 입고 갖가지 통로에서 모여들었다가 각자의 노선으로 흩어진다. 발걸음은 빠르다. 옆을 보지 않는다. 목소리는 성대의 아래쪽으로 눌려 있다. 간혹 나오는 알림만이 그들이 어디쯤 도달했는지 알려 줄 뿐이다. 입은 닫혀 있고 눈은 반쯤 감겨 있으며 귀는 활짝 열려 있다. 도시가 지금처럼 날카롭게 다듬어지기 전, 그 시절의 사람들은 지금과는 다른 얼굴을 하고 있었다. 두 눈을 감고 지난 밤 쌓인 피곤함을 마저 녹이는 사람, 무료로 나누어 주는 신문을 펼쳐 심각한 얼굴로 읽는 사람, 급하게 나왔는지 머리는 젖어 있고 이곳에서 출근을 준비하는 사람, 가볍게 허기를 달래는 사람 그리고 필요할 수도 없을 수도 있는 물건을 파는 사람. 인간적이었고 서툴렀으며 따듯했다. 폭력이 지배하던 시대에는 다른 색의 제복을 입은 자가 나의 적이었다. 우리의 적이었다. 생존의 경계가 명확하여 서로를 감시하기 쉬웠고 알아채기 용이했다. 안개가 짙게 낀 날에도 침묵으로부터 들려오는 작은 움직임까지 발췌해 낼 수 있었다. 생존의 모서리가 외부를 향해 극한까지 뻗어 있었다.

시간이 몇 바퀴 돌았다. 우리가 필요 없어졌다. 서로가 떨어져 나갔다. 자신만이 뚜렷해져 갔다. 외형으로 그것들을, 나의 적을 구분하기는 불가능해졌다. 그럴수록 자신만의 공간으로 함몰되고 침몰 되었다. 바로 옆, 타인의 존재는 무의미해졌다. 스스로 생존의 지배자가 되기를 원했다. 모두가 날카로워졌다. 우리였을 때 존재했던 부분은 이젠 필요치 않은 대상이 되었다. 그들의 흔적을 여전히 비슷한 형태로 가지고 있는 사람도 존재했다. 하지만 그들의 유용성은 낮아졌다. 아침의 눈과 저녁의 다리는 무거워졌다. 도시는 우리를 잘라 내 새로운 옷을 입은 수많은 나를 조형해 냈다. 도시는 획기적으로 그 자체를 바꾸어 줄 누군가를 키워 내는 곳이 아니었다. 불멸의 존재로 거듭나기 위해 태생이 도시가 아닌 자들을 자양분 삼는 쪽으로 변형되었다. 사람들이 필요로 하는 소박한 욕구를 끊임없이 변주하여 채워 주었다. 대가는 도시인의 시간을 강탈하는 것으로 치환되었다. 도시에서의 삶을 감내하기 위해서는 휴식은 사치였고, 스스로 통찰할 느긋함마저도 허영으로 치부했다. 나태, 게으름, 불성실은 금기였고 언제나 성실한 도시인만이 도시 안으로 침잠되었다.

도시의 관계는 필요로 이루어졌다. 얕았고 잘라 내기 쉬웠다. 하지만 나의 생존이 위태로워지니 팔다리가 묶인 채 점점 그들에게 의존해야 했다. 그들과는 미소 가득한 **도시광대**가 될 수밖에 없었다. 이곳에는 온통 가는 점선으로 된 희미한 사람들만 존재했다. 억지로 만든 관계는 피상적인 탓에 나를 좀먹었다. 같은 공간과 그 안에서 겪게 되는 경험만을 공유했다. 타인의 감정에 무관심했고, 자신의 감정도 드러내지 않았다. 과장된 거짓 웃음이 얼굴에 만연했고 서로가 선한 사람이 되고자 목적 있는 경쟁을 했다. 대가 없는 선의는 위선의 꼬리표를 달고 삽시간에 퍼져 나갔다. 화장은 짙어졌고 광대의 빨간 미소는 커졌다. 갓 들어온 사원도 빠르게 그들의 상관을 모방했다. 처음부터 그래 왔던 것처럼 행동했다. 타인을 평가하고 등급을 매겼다. 그들은 덩어리를 이루고 있는 시간 동안 외적으로나 내적으로 완벽한 형체를 이룬 듯 거만해졌다. 사실 그 덩어리의 이익을 누리는 자는 따로 있었지만, 승리에 도취된 내부자는 애써 외면했다.

도시인은 서로가 무엇인가를 원하고 공동의 목표 아래 얽히기 시작하여 완성됐다. 어릴 적, 감정의 누적으로 형성된 관계와는 달랐다. 그들과 나는 온전히 목적을 달성하기 위해 도시적 이성으로 선택됐다. 합리와 논리와 효율의 이름을 붙인 그들에게 감정을 드러낼 필요는 없었다. 그저 특정한 이

익을 공유하는 것이 그들과 만들어 낸 관계의 미학의 전부였다. 대화는 항상 우회로를 따라 걸었고 지나치는 정거장은 다시 도시의 파생물로만 세워졌다. 나와 비슷한 모습을 한 다른 도시인에게서 다소 공감할 때도 있었다. 그러나 그들과의 행위는 서로의 경계만 확인하는 일이었다. 도시의 삶에서 느낀 냉기보다 더 차가운 냉소가 나를 지배했고 인간적인 배려는 거두었다.

없었던 일, 일어날 일, 일어났던 일 그리고 내가 존재했던 일. 무엇을 그들에게 말해야 할까. 없었던 일을 지속하면 거짓말이 되어 양심을 부식시키고, 일어날 일을 지속하면 꿈과 미래가 도둑맞을까 걱정된다. 일어났던 일을 말하면 교점이 없던 그들에게는 지겨운 대화가 되고, 그렇다고 내가 존재했던 일을 이야기하면 억지로 내 감정을 노출하게 된다. 감정의 갈증이 늘어날 때 쯤 누군가 경계를 비집고 들어오려 했다. 이성으로 점철되는 관계에 감정이 중첩되어 틈이 났다. 감정의 깊이만큼 기대는 커지고 상대에게 실망하는 일이 수없이 생겼다. 그것은 일상의 균열을 만들었다. 결국, 누군가의 불행을 야기했다. 그런 경험, 관찰이 증가할수록 경계를 더욱 견고하게 만들었다. 다시 나는 이방인으로 행동해야만 했다.

나는 들었다. 쉴 새 없이 떠드는 그들의 입을 바라보기만 했다. 모순적이게도 나의 무심함으로 인해 도시인에겐 믿을 만한 사람으로 받아들여졌다. 타인에 대한 분노, 외로움, 거짓말, 궁핍해져 가는 감정, 무언가 하지 않을 핑계 그리고 슬픔. 모든 것을 거침없이 쏟아 낼 때 늘 그렇듯 나는 적당히 고개를 끄덕이며 목적 없는 눈빛을 보여 줄 뿐이었다. 침묵하는 나에게 그들의 추측이 여러 겹으로 놓이자 귀만 열어 둔 나는 고해의 통로가 됐다. 모두가 가지고 있을 사사로운 것이 반성해야 할 죄의식으로 변해 갔다. 그 모순은 내 삶을 바꾸어 놓았다. 그들이 내게 남긴 성찰이 나의 위치를 빠르게 높여 주었다. 타인은 수동적인 나에게 도시인으로 자리 잡기 위한 능동적인 수단이 되었다. 도시의 생존법은 단순했다. 내 밖의 사람들을 도구로 바라보자 스스로에 대한 성토는 약점이 되었다. 내 본질이 도시가 되고 있었다.

그림자에 갇힌 도시인은 고개를 들지 않았다. 그들은 묵인했다. 빌딩은 높아졌고, 도시의 외관은 바뀌었다. 새로운 주인이 하늘을 가렸다. 태초의 주인이었던 태양과 달은 손님이 된 지 오래였다. 도시 틈으로 거센 바람이 불었다. 지난밤 내린 비는 녹지 않는 얼음이 되었다. 한기마저 머금은 도시는 돌풍을 창조해 내기 시작했다. 그러자 도시인도 두꺼운 옷으로 갈아입고 전혀 다른 사람이 되었다. 그사이 길을 잃어버린 사람들은 음습한 곳으로 떨어졌다. 순풍에도 부서지고 마는 곳에 격리되었다. 그곳엔 가난이 있었다. 한 번의 실패로 낙인찍힌 사람들을 휘어진 삶으로 비틀었고 아무도 찾지 않는 곳으로 내몰았다. 그들의 고향도 환대하지 않는 불성실한 도시인이 되어 더욱더 깊은 곳으로 고립되었다. 오늘도 도시는 정돈되어 보였다. 더욱 넓어지고 깨끗해졌다.

오랜만에 버스를 탔다. 지하철은 시간을 내어주었고 버스는 도시의 야경을 내어주었다. 시간이 중요한 나에게는 어두운 터널을 지나는 지하철이 강요됐다. 그러다 때마침 다가온 버스를 선택했다. 출근하는 도시인으로 가득 채워진 버스는 그들의 냄새로 빈틈마저 메워졌다. 그들을 비집고 들어가 뒷문에서 가장 가까운 창문 앞에 섰다. 그리고 눈 옆까지 내려온 손잡이를 잡고 밖을 바라봤다. 몇 달 전까지만 해도 도로변은 오래된 나무가 도로와 광장의 넓은 부분을 차지하고 있었다. 하지만 나무는 사라지고 없었다. 대신 그곳엔 커다란 화분이 줄지어 있었다. 예전의 큰 나무는 뜨거운 여름날 오고 가는 사람들에게 그늘을 만들어 주었다. 눅눅한 장마철이면 넓은 가지를 펼쳐 힘껏 우산이 되기도 했다. 사라졌다. 이 도시의 누구보다 오래됐을 나무들이 사라졌다. 큰 나무가 사라진 이곳에서 지하철보다 더 많은 시간을 가져갈 수 있게 됐다. 일찍 도착했다. 사무실에 들어서자 수군거리는 소리가 들렸다. 상관 중 한 명이 퇴직했다. 그는 도시가 요구하던 성실한 도시인의 표본이었다. 지나치게 성실함을 쫓았다. 그럴수록 그의 시간은 그에게서 달아났다. 그의 잘못은 이마에 놓인 상처들이 너무 깊어졌다는 것 단 하나였다. 청춘을 도시에게 빼앗겼고 재물과 사회적 평판으로 보상받았다. 하지만 도시는 그에게 주었던 보상이 과했다고 판단했는지 그의 반을 한순간에 빼앗아 갔다. 도시인의 책임과 의무가 끊어졌다. 나와의 관계도 마술가의 지팡이처럼 사라졌다. 누군가 공석인 그 자리를 탐내기 시작했다. 나이 든 청춘은 누구도 신경 쓰지 않았다.

2월 1일

다섯 번의 새벽과 저녁이 지나갔다. 태양을 보지 못하던 시간이 계속되었다. 푸른빛을 보며 나섰던 집은 땅거미가 내려앉은 지 한참 뒤에야 돌아올 수 있었다. 도시의 삶은 반복되었다.

2월 4일

주말에는 집에 있는 날이 많았다. 그녀와의 만남도 눈에 띄게 줄어들었다. 평일의 삶이 너무 고단한 탓인지 내가 한심한 것인지 어찌 됐든 혼자 씨름하는 시간이었다. 더운 여름을 제외하고는 이불 속에서 뒹굴기가 한참이고 식사는 잊은 줄도 모른 채 지냈다. 그렇게 휴일의 절반이 다 지나가도록 내 움직임은 채 몇 미터가 되지 않았다. 텁텁함이 입안 가득했다. 침대에서 나와 냉장고 문을 열었다. 절반 정도 남은 물병을 꺼냈다. 뚜껑을 딴 지 얼마나 되었는지 기억이 나지 않았다. 물병 속에 물방울이 가득 맺혀 있었다. 물을 마시다 한 가지 생각이 들었다. 오늘 내가 말을 했던가. 눈을 뜬 건 오전 11시였다. 몇 주 전부터 계속 된 공사 소리가 오늘도 바닥을 뚫고 있었다. 일어나서, 확실히 말하자면 눈만 뜬 채 손을 뻗어 침대 옆 전화기를 가져와 켰다. 늘 그렇듯 자기 전 그 상태 그대로였다. 언제부턴가 부재중 전화 한 통, 문자 하나 없는 날이 많았다. 그녀의 연락도 없었다. 그렇다고 누구와 말하고 싶은 생각도 들지 않았다. 이 생활에 점점 무뎌지고 있었다. 일을 위해 웃음도 일상에서 빌려왔는데 되갚을 때는 이자가 가산되어 빠르게 말랐다. 입술의 무게는 며칠 밤을 지새운 눈꺼풀만큼 무거워졌다. 다시 잠에 들었다. 옆에 놓아둔 전화기의 진동에 잠이 깼다. 어머니의 전화였다. 잘 지내고 있냐고 물었다. 그럭저럭이라고 했다. 밥은 잘 챙겨 먹고 다니냐고 물었다. 가능하면, 이라고 했다. 아픈 데는 없냐고 내가 물었다. 어머니 본인은 언제나 아픈 사람이라고 했다. 병원에 가 보라고 답했다. 아버지가 속 썩여서 그런 거라고 했다. 어머니가 웃었다. 덜 바빠지면 내려가겠다고 했다. 전화를 끊었다. 전화를 껐다. TV를 켰다. 막 날씨 소식을 전하고 있었다. 15년 만의 폭설이 예상되니 단단히 준비하라는 예보가 이어졌다. 환절기 혈관 질환을 주의하라는 앵커의 인사를 마지막으로 뉴스가 끝났다. 다시 TV 채널을 쉴 새 없이 돌려 댔다. 「피터 팬」이 나오고 있었다. 유지하나는 생각이 들었다. 볼 게 없었다. TV를 껐다. 눈을 감고 다시 잠을 청했다. 잠이 오지 않았다. 전화를 들어 다시 켰다. 통화 목록을 봤다. 몇 주간 내가 먼저 어머니나 아버지에게 전화를 건 적이 없었다. 가끔 동생과는 문자를 보낸 기록은 있었다. 네 명뿐인 가족이었지만 집은 셋이었다.

모두가 함께 살던 시절엔, 나의 공간이 없었다. 작은 집이었다. 하지만 항상 따뜻한 밥이 있었고 온기가 있었으며 수납장엔 깨끗하게 빨아 둔 수건이 가득했다. 써도 줄지 않았다. 나는 도시의 삶을 동경했고 결국 도시에 정착했다. 동생도 비슷한 이유로 도시로 발걸음을 옮겼다. 그래도 작은 집은 그대로였다. 그곳의 어머니와 아버지만이 내 뒤를 보고 있었다.

2월 23일

저녁 무렵, 일을 마치고 집으로 돌아가려면 강을 가로지르는 큰 다리를 건너야 했다. 전철도 강의 속살을 훑어 낼 수는 없었기에 자동차와 나란히 그 위를 달렸다. 전철의 바퀴가 일정한 템포로 마찰음을 낼 때, 그 소리가 너무도 편하게 만들어 주어서 눈을 감고 그 속에 파묻히기도 했다. 가끔 전철이 다리를 건너 강 끝이 보이는 유일한 지점을 스칠 때면, 나는 감았던 눈을 떠 수평선을 바라보곤 했다. 그 찰나의 순간 소리의 먹먹함은 사라지고 강 아래로 내려가는 주황빛의 태양은 이내 붉은 슬픔이 되어 눈 안에 가득 찼다. 정거장을 지나고 전철이 닿은 어느 한 역의 귀퉁이에 도시에서 빌려 쓰는 집이 하나 있었다. 도시의 태양이 그러하듯 난 그 집의 손님이었다. 매일 같이 나는 해가 뜨기 전 내 향기와 흔적을 가득 채우기도 전에 작은 둥지를 떠나야만 했다. 안락함은커녕 차가운 밥조차도 나누어 먹을 사람 하나 없었다. 그럴 때면 집 밖의 주인 없는 고양이를 초대해 하루가 어땠는지, 저녁은 먹었는지 묻고 싶어지곤 했었다. 꽤 오래 도시의 삶을 살고 있었다. 하지만 이곳에서 나를 안아 주던 이는 아무도 없었다. 텅 빈 도시의 허공만이 나를 감싸 안고 있었다.

멀리 서 있는 자동차에서 경적이 울렸다. 눈을

떠 보니 전철은 아직도 다리 위였다. 도시인은 비슷한 시간에 일을 마치고 집으로 돌아갔다. 오늘도 그랬기에 앞의 전철은 나에게 집으로 돌아갈 시간을 늦춰 주고 있었다. 다리 위의 자동차는 사람의 산책보다 걸음걸이가 느렸다. 다리 아래로 흘러가는 강물처럼 멈춰 있는 듯했다. 인내심이 다한 운전자의 경적이 내 눈을 깨웠다. 자동차의 창문은 짙은 코팅으로 누가 타고 있는지 알 수 없었다. 간혹 밖에서 비추는 자동차 헤드라이트로, 자동차 안에서 희미하게 발산되는 빛으로 도시인을 추정할 뿐이었다. 하루가 다 지난 시점에도 그들은 여전히 분주했다. 태양이 마지막 빛마저 잃자 다리 위의 가로등이 켜졌다. 잠시 밝게 빛나던 달과 그 옆의 샛별은 자취를 감췄다. 지연되던 전철이 다시 움직이기 시작했다. 다리를 지나 까만 터널 속으로 빠르게 빨려 들어갔다. 오늘 나는 멈춰 있는 도시인을 얼핏 훔쳐볼 수 있었다.

—

주말 저녁, 오랜만에 그녀를 만났다. 밀린 그리움만큼 그녀를 꼭 안았다. 한참을 안고 잘 지냈냐고 내가 물었다. 그녀는 그렇다고 했다. 그동안 힘들지 않았냐고 물었다. 그렇다고 했다. 그러면 두 질문의 답은 동시에 정답이 될 수 없다고 말했다. 그녀가 말없이 웃었다. 그녀의 얼굴을 보며 나도 미소 지었다. 그녀의 손을 잡고 강의 왼편을 걸었다. 강의 온도를 훔친 이른 봄의 바람이 불었다. 우리는 마음만큼 몸도 더욱 가까이했다.

"회사 그만둘까 봐." 그녀가 말했다.

"왜? 갑자기? 좋은 회사잖아."

아는 사람 모두가 그녀의 말에 반대했고, 오래된 사람일수록 그 강도는 컸다고 했다. 긴 시간 동안 그녀가 들인 노력을 알기에 반대했을 것이라고 했다. 그럴수록 그녀는 그만두는 게 맞을 것 같다는 생각이 들었다고 했다. 그리고 어느 누구도 그녀에게 이유를 묻지 않았다고 했다. 그녀가 그만두기로 결심한 이유는 사소했다. 동료와의 갈등도, 업무에서 비롯된 문제도 아니었다. 내가 지금처럼 바쁘지 않았을 때, 그녀를 만나기 위해 그녀의 회사에 갔었다. 단 한 번이었다. 한 손에는 커피를 들고 반대편의 손에는 조그만 꽃 한 송이를 몰래 쥐고 있었다. 약속된 만남이었다. 고작 몇 분의 만남 동안 그녀의 전화기는 끊임없이 울렸다. 우리가 나누었던 이야기는 서로 미안하다는 말이 전부였다. 커피를 건네주고 다음에 보자고 했다. 또다시 그녀가 미안하다고 했다. 나는 괜찮다고 했다. 반대로 뛰어가던 그녀는 돌아가는 나를, 오른손에 꽃을 들고 있는 내 모습을 보고 그 자리에 멈추어 섰다고 했다.

"내 시간인데 내게는 선택권이 없었어. 정원에 심는 꽃처럼 고를 수 있는 게 아니었나 봐. 몰랐어. 평범한 삶이란 건 나를 박탈시켜야 가능한 거였어. 남에게 내 행복을 맡겨야 해. 네가 찾아온 날 그 짧은 시간 동안 알게 된 거야. 너와 사소한 이야기라도 하고 싶었어. 저녁을 먹고, 밤늦게까지 시시콜콜한 내 이야기와 네 이야기, 그냥 아무 이야기나 나누고 싶었어. 너랑 있고 싶었을 뿐이야. 그런데 그 마음을 말로 꺼내지 못한 채 계속 눌러 두다 보니, 행동이 엉켜 갔어. 말은 삼키고, 감정은 숨기고, 괜찮은 척하면서도 속으로는 불안이 쌓였어. 그렇게 스스로 조이기만 한 거야. 어느 순간부터 내가 나를 조금씩 망치고 있다는 걸 알게 됐어. 그리고 이대로라면 이제는 너까지 망쳐 버릴지 몰라."

그녀가 눈물을 흘리며 말했다. 말없이 그녀를 바라봤다.

"그래도 그만한 곳은 없잖아?"

내가 말했다. 그녀가 나를 바라봤다. 흐르던 눈물을 닦으며 말했다.

"넌 이제 처음의 네가 아니구나."

그녀가 잡고 있던 두 손을 놓았다. 그만 가겠다고 했다. 알겠다고 답했다. 그녀를 집에 보내고 혼자 강 주변을 산책했다. 그녀는 오랜만의 데이트를 망쳤다. 밖에서 혼자 먹는 저녁은 필요 없었다. 예약해 둔 저녁 식사를 취소했다. 집으로 돌아가기로 했다. 주변 편의점에서 저녁거리 몇 가지를 사 들고 버스에 올라탔다. 빈자리가 있었지만 서 있었다. 버스 손잡이를 움켜잡았다. 위로라도 해 줬어야 했나 싶었다. 그녀의 행동이 이해되지 않았다. 고개를 내려 창밖을 내다보며 전화 통화 중인 중년 여자를 바라보았다. 무슨 이야기를 하는지 듣고 싶지는 않았지만 들렸다. 삶에 대한 넋두리였다. 집에 가도 얘기할 사람이라고는 방구석 하나 차지하고 있는, 한때는 가장 사랑했던 남자만 있는 그런 사람의 얘기였다. 왼쪽으로 고개를 돌려 버스 뒤를 보았다. 맨 뒷자리에는 까만 정장을 입은 남자 둘이 앉아 있었다. 창가의 남자는 창에 머리를 기댄 채 자고 있었고, 그 옆의 남자는 팔짱을 끼고 두 눈을 감고 있었다. 뒷문 바로 옆 좌석의 여학생들과 그 뒷자리의 남녀 한 쌍은 말없이 자기 손안의 전화기만 보고 있었다. 표정은 없고 가끔 입술 한쪽을 삐죽 올리기만 할 뿐이었다. 중년 여자의 통화가 멈추었다. 버스 안에는 아무 소리도 없었다.

버스가 파열음을 내며 급하게 멈추었다. 갑자기 끼어든 자동차 때문이었다. 그로 인해 나는 넘어졌고 손에 쥐고 있던 것도 모두 놓쳐 버렸다. 고요하던 버스는 어느새 사람들의 소리로 소란스러웠다.

손바닥이 쓸려 피가 났고 옷도 더러워졌다. 그냥 그런 날처럼 빈자리에 앉아 있었으면 됐을 것을, 괜한 짓을 했다. 아직 집까지는 몇 정거장 더 남았다. 하지만 계속해서 쏟아질 타인의 걱정스러운 시선이 싫었다. 무엇보다 나 자신이 한심했다. 나는 떨어진 물건을 주워 담은 뒤 다음 정거장에서 내렸다. 그녀 말대로 사소한 일조차 타성에 밀려가고 있었다. 버스는 정해진 노선을 따라 종일 맴돌고 있었다. 모두의 쳇바퀴는 똑같이 돌고 있었다. 이들도 거의 같은, 정해진 시간에 나와 같이 같은 버스를 타고 있었을 것이 분명했다. 존재하지 않았던 사람들이 내게 나타났다. 나에게만 몰두했던 시간 동안 내 주변의 사람을 모두 놓치고 있었다. 전화기를 꺼내 어머니에게 전화했다. 조만간 내려갈게. 걸어가면서 바라본 도시의 밤은 달과 별을 삼켰다.

—

잠자리에 들기 전 O에게서 메시지가 왔다.

─형, 내일 약속 없으면 퇴근하고 술 한잔하자. 오랜
만에 얼굴도 보고, 할 얘기도 있어.

─월말이라 어떻게 될지 잘 모르겠다. 내일 상황 봐
서 전화할게.

뒤에 몇 개의 메시지가 오갔다. 다음 날이 되었
지만 O에게 연락해야겠다는 생각만 얼핏 스친 채
같은 하루를 보냈다. 연락하지 못했다. 그렇게 주
말이 되었다. O의 메시지가 떠올라 O에게 전화했
다. 받지 않았다.

─연락한다는 게 바빠서 깜빡했어. 메시지 확인하
면 연락 줘.

답은 없었다. 우리는 연락하지 않았다. 주말이
가고 월요일 아침 알람 소리에 잠에서 깼다. 전화
를 들어 알람을 껐다. 전화기에는 새벽에 걸려 온
O의 부재중 전화가 몇 통 남아 있었다. O에게 전화
를 걸었다. 받지 않았다. 곧이어 문자가 도착했다.

─지금은 통화를 할 수 없으니 문자를 남겨 주세요.

─어제 술 좀 마셨나 보네. 새벽에 전화를 다 하고. 잘 지내지? 이따 통화하자. 연락 줘.

마지막으로 남긴 내 메시지에 O는 답하지 않았다. 난 다시 평일의 삶을 시작했다.

─

토요일 오후, 집으로 내려갔다. 어머니는 출근했고 아버지는 마당에 나와 의자에 앉아 있었다. 갑작스런 나의 방문에 아버지는 조금 놀라는 눈치였다. 아버지와 인사했다. 동생으로부터 최근 어머니와 아버지의 사이가 좋지 않다는 얘기를 들었다. 이유는 묻지 않았다. 안부만 물었다. 그리고 문을 열고 집 안으로 들어갔다. 일하느라 바쁜 여자와 살림하지 않는 노년의 남자가 있는 집이었다. 싱크대에는 설거짓거리가 가득했고 거실에는 개지 않은 빨래가 산더미였으며 수납장은 수건 하나 없이 텅텅 비어 있었다.

저녁이 되었다. 어머니가 돌아왔다. 빙그레 웃어 보였다. 어머니가 활짝 웃었다. 어머니는 곧장 내가 좋아했던 음식을 해 줬다. 여전히 맛있었다.

다음 날 아침, 어머니는 출근 준비를 하고 있었다.

"언제 갈 거니?"

"이따 저녁에 가야지. 내일 출근해야 하니까."

"내일 아침 일찍 가면 안 되니?"

고민했다. 그리고 대답했다.

"응, 내일 갈게. 일은 이제 그만둬. 너무 힘들잖아."

어머니가 미소 지었다. 그리고 일을 하러 떠났다. 집에는 아버지와 나 둘뿐이었다. 어머니는 도시의 나와 같았다. 그녀의 집이고 가족이 있는 그런 곳임에도 도시의 나와 같았다. 어머니의 온기는 없었다. 아버지가 만든 어설픈 요리가 있었고 빨래와 정리해야 할 것이 가득했다. 나는 설거지를 하고 청소를 한 뒤 빨래를 했다. 문을 열고 밖으로 나와 햇살 아래 놓인 의자에 앉았다. 눈을 감고 공기를 느꼈다. 바람이 불어왔다.

도시인이 되고 난 모호해졌다. 꽤 오랫동안 버텨내고 있었다. 하지만 그런 생활이 지속될수록 떠나온 곳에 대한 그리움은 날로 커졌다. 도시로 가기 전 가족 모두가 함께할 땐 언제나 누긋했다. 천천히 내려가고 있는 태양을 바라볼 때, 어머니의 저녁밥 냄새가 코끝을 간질였다. 아버지는 때맞추어 일을 마치고 집으로 돌아왔다. 동생은 끝없이 조잘거리며 활기를 불어넣었다. 네 명의 가족은 같은 식탁에 앉아 신비로운 시간을 함께했다. 어머니의 음식은 소박했지만 푸짐하고 든든했으며 며칠이 지나도 상하지 않았다. 오래된 집에는 온기가 지속되었다.

모든 것을 조망할 시각을 갖고 싶었다. 부모님의 집은 평지의 삶이었다. 그리고 그것은 아버지의 것이었다. 땅을 일구고, 스스로 조달하는 삶, 땀 흘린 노동만이 가치 있는 삶은 나와는 무관하다고 여겼다. 아버지의 것은 구식이고 뒤떨어졌으며 참고할 만하지만 필수는 아니라고 여겼다. 확인하고 싶었다. 그래서 나는 떠나기로 했다. 도시로 떠나게 되었을 때 주변 사람과 이별을 준비하고 인사하는 과정은 생략했다. 안개가 두텁게 낀 날 아침, 매일 걷던 길처럼 잘 보이지 않아도 반쯤 눈을 감고도 걸어갈 수 있는 경로일 거라 느꼈다. 확인하지 않았다. 나의 편협한 생각은 이미 도시의 삶을 그렇게 여기도록 만들었다. 활기, 새로움, 기대, 감동 그리고 두려움. 하지만 새로운 삶은 생명의 탄생과도 같았기에 감내하기로 했다.

금세 햇빛이 뜨거워졌다. 눈을 뜨고 의자를 들어 그늘로 들어갔다. 바람이 멈추었다. 놓친 것들이 부유물이 되어 머릿속을 휘저어 놓기 시작했다. 외로움. 단절로 시작된 외로움은 찌꺼기를 뱉어 냈다. 도시의 삶에서 발견하고자 했던 것은 신기루였다. 나의 경외감이 만들어 냈던 환상이었다. 삶에 집중하지 못했고 두통은 잦아졌다. 스스로 특별하게 생각하고 오해했다. 도시에 헌신하자 내 특별함은 사소해졌다. 처음 가졌던 두려움은 어느새 외로움이 되었다. 하지만 나는 애써 시야 밖으로 방치했다. 내버려두었다가는 잡아먹혀 버릴 것 같은 공포가 엄습했다. 도시는 두 겹, 세 겹 두껍게 옷을 여미게 만들었다.

저녁이 되었다. 어머니가 돌아왔다. 맛있는 저녁을 새로 해 줬다. 어머니와 시시콜콜한 이야기를 했다. 최근 어머니는 아버지와 사이가 나빠져 따로 잠을 잔다고 했다. 그리고 오늘은 웬일로 설거짓거리가 하나도 없다고 웃으며 말했다. 아버지는 매일 저녁 혼자 식사했고, 설거짓거리를 잔뜩 쌓아 놨다. 어머니는 퇴근하면 주부로서의 일이 시작된다고 불평했다. 하지만 오늘은 집도 깨끗하고 수납장에는 수건이 가득이라며 기뻐했다. 나는 아버지가 했다고 말했다. 어머니는 나를 보며 크게 웃었다.

어머니는 내게 동생과 자주 만나냐고 물었다. 가끔 연락만 한다고 답했다. 도시에서는 혼자 지내며 버티는 것이 제일 힘든 법이니 둘이서는 자주 연락이라도 하라고 했다. 어머니는 잘 알고 있었다. 가장 따뜻하고 아름다운 곳도 나를 보여 줄 사람이 한 명도 없다면 차가운 도시의 여느 골목과 다를 바 없었다. 어머니는 도시로 떠난 자식들과 무관심한 아버지 사이에 끼어 있었다. 그녀 역시 텅 빈 가슴을 가진 내몰린 도시 낭인이었다. 굳이 도시가 아니어도 외로움으로 갇힌 곳은, 비록 그곳이 인생에 가장 행복한 장소라 할지라도, 비극의 무대가 될 수 있었다.

우리 가족이 같이 밥을 먹은 건 작년의 일이었다. 같이 여행을 간 건 너무나도 오래되어 빛바랜 사진으로만 남아 있었다. 어머니는 날이 더 따듯해지면 다 같이 여행을 가자고 했다. 알겠다고 답했다. 맛있는 것도 많이 먹고 오자고 했다. 알겠다고 답했다. 어머니는 피곤하다며 씻고 와서 자야겠다고 했다. 난 설거지를 한 뒤 방으로 들어가 어머니가 좋아할 만한 드라마를 틀어 놓았다. 곧이어 어머니가 욕실에서 나와 방으로 들어왔다. 우리는 같이 드라마를 봤다. 그리고 30분 뒤, 어머니는 쓰러졌고 병원으로 이송되었다.

도시에 살던 동생이 응급실에 도착했다. 가족이 다 모였다. 그 사이 어머니는 몇 가지 검사를 했다.

몇 분 뒤 결과를 받은 응급실 담당 의사는 대학병원으로 옮겨야 할 것 같다고 말했다. 동생이 울기 시작했다. 아버지는 동생을 토닥였다. 나는 진료비 계산을 마친 뒤 의사가 써 준 서류 몇 장을 들고 어머니와 함께 앰뷸런스로 옮겨 탔다. 아버지와 동생은 택시를 타고 뒤따랐다. 누워 있는 어머니를 바라봤다. 눈 감은 채 내가 누르는 호흡기에 의지해 숨을 쉬었다. 가슴이 높아졌다 낮아지기를 반복했다. 귀가 먹먹했다. 터널을 지나가는 기차에 탄 듯 몇 시간 전부터 소리가 잘 들리지 않았다. 큰 숨을 내쉴 때는 잠시 나아지는 듯했다. 하지만 답답함은 가시지 않았다. 대학병원의 응급실에 도착했다. 응급실의 직원에게 어머니를 인계할 때 어머니의 심정지를 알리는 소리가 귀를 때렸다. 모두가 분주했다. 알림음이 사라지자 첫 번째 병원에서 했던 검사를 다시 시작했다. 몇 시간이 지났다. 담당의가 나를 불렀다. CT를 보며 내게 말했다.

"뇌출혈입니다. 보시다시피 출혈 부위가 커서 손쓸 방법이 없습니다. 전조 증상이 있었을 텐데

말씀 없으셨나요?"

"잘 몰랐습니다. 최근에 두통이 조금 있다고 했었습니다."

"환절기라 비슷한 분이 많이 생깁니다. 한 번이라도 확인하셨으면 좋았을 텐데."

의사가 잠시 말을 멈추었다. 호흡을 가다듬고 말을 이어 갔다.

"뇌압이 높아지면서 계속 연수를 누르고 있습니다. 언제라도 돌아가실 수 있습니다. 준비하셔야 할 것 같습니다. 죄송합니다."

주름 없는 회색의 뇌 사진을 보며 나는 크게 숨쉬었다. 물속에 들어간 듯 귀가 더 먹먹해졌다.

친척에게 전화했다. 친구에게 전화했고, 어머니의 직장 동료에게 전화했다. 그리고 이모와 외할머니에게 전화했다. 얼마 뒤 도착한 그들은 남은 가족을 달래 주었다. 친구에게 장례를 위해서 어머니 사진을 인화해 달라고 부탁했다. 연락이 닿은 사람과 그렇지 않은 사람이 다녀갔다.

—

　병원에 온 지 엿새째 되던 날 병원 직원들이 나를 찾았다. 그들의 안내를 받아 책상과 의자가 놓인 텅 빈 방에 도착했다. 그중 한 명이 나에게 명함을 주었고 상투적인 인사를 했다. 뒤이어 본론을 말했다. 하지만 며칠 전부터 귀가 먹먹한 탓에 그들의 말이 들리지 않았다. 하얀 옷을 입은 그들의 까만 입은 쉴 새 없이 움직였다. 나는 왼쪽으로 고개를 돌려 창밖을 봤다. 두 그루의 느티나무가 지겹게 흔들렸다. 다시 고개를 돌려 그들을 응시했다.
　"심사숙고해 주시기 바랍니다."
　그들은 나에게 정중하게 인사한 뒤 자리를 떴다. 커다란 빈방에 혼자 남았다. 눈앞에 남기고 간 서류 한 장이 보였다.

　장기기증 설명서

먹먹하던 귀에서 이명이 번지기 시작했다. 소리는 관자놀이를 지나 머리 한복판까지 치고 올라와 세차게 울렸다. 나는 두 손으로 관자놀이를 문질렀다. 두통은 잦아들지 않았다. 손가락 끝으로 힘껏 머리를 짓눌렀다. 통증은 조금 나아지는가 싶더니 손을 떼면 이내 돌아왔다. 상쾌한 공기가 필요했다. 의자에서 일어나 왼쪽의 창을 열었다. 신선한 공기가 방 안을 휘저었다. 숨을 크게 쉬어 폐 안에 고여 있던 공기를 창밖으로 내뿜고 새 공기로 가득 채웠다. 몇 번이고 반복했다. 잠깐이나마 괴롭히던 두통은 감쪽같이 사라졌다. 방을 둘러봤다. 하얀 벽은 아무것도 받아들이지 않겠다는 듯, 나를 가로막고 있었다. 고요했다. 모든 것이 멈춰 있었다. 오직 벽에 걸린 시계의 초침 소리만이 정지되지 않은 세상임을 알려 주었다. 다시 공기가 밀려왔다. 내게 지겹게만 보이던 나무가 흔들렸다. 그리고 나무 소리가 들렸다. 그때 도시인이 되기 위해 힘껏 눌러 놓았던 감정이 불쑥 튀어 올랐다. 그것은 몇 년의 압박에서 벗어나 하얀 방을 휘저었다. 도시의 유람선에서 만난 관찰자가 그러했듯, 그보다 더 세심하고 사려 깊게 나를 바라본 뒤 다시 내 안으로 들어왔다. 내 어깨를 세차게 잡아끌었다. 가슴 안에 무엇인가 차곡차곡 쌓였다. 메말라 있던 스펀지 안에 물기가 온전히 스며들었다. 그러다 이내 밖으로 흔적을 남기기 시작했다. 감당하기 힘들었다. 눈이 따끔거렸다. 두 손으로 비볐다. 그럴수록 눈은 더욱 아팠다. 눈물이 쏟아져 내렸다. 책상 위 놓여 있던 서류가 다 젖을 때까지도 멈추지 않았다. 유리창 밖에는 막 눈꽃이 피고 매화가 흩날리며 올해의 봄이 다가왔음을 알려 주고 있었다. 죽음의 예고가 나를 흔들었다. 그리고 어머니의 죽음이 다른 세상으로 나를 끌어가고 있었다.

3월 20일
3일의 장례를 마쳤다.

3부

5월 4일

몇 주 째 한밤중에 잠을 깼다. 생각이 가득 찼다.
머릿속에 떨어진 먹물 한 방울이 물결을 따라 온통
흩뿌려졌다. 찌꺼기를 깨끗하게 씻어 내야 하는데
가시넝쿨이 상처를 냈다. 상처 안으로 찌꺼기가 스
며들었다. 성난 바람이 몇 시간째 내 창문을 두드
렸다. 내 손님이 되려나 보다. 며칠의 걱정거리를
말하고 싶었다.

5월 8일

죄책감이 들었다. 아버지가 어머니를 혼자 버

려둔 시간만큼 난 도시에서 청춘을 소비하고 있었다. 도시가 그렇듯 지나치게 과식이었지만 뚱뚱해진 것도 모른 채, 애써 모른 척, 어머니의 외로움을 외면했다. 으레 그것이 청춘의 쿨함이라 생각했다. 내 폭식은 어머니의 고독이었고 결과는 어느새 사라진 그녀의 젊음이었다. 도시를 위해 고스란히 바친 내 청춘의 시간은 또 다른 그녀의 청춘이었다. 어머니는 자신을 위해 살아 본 적이 없었다. 내가 존재하기 전까지는 아버지를 위해, 내가 태어난 후로는 자신의 전부를 내게 헌신했다. 그녀는 온전히 내가 되었다. 그러나 나의 방탕함은 나뿐만 아니라 어머니까지 동시에 두 명을 소진시켰다. 어른이 되었을 미래의 나를 위해 난 그 어느 것도 희생시킨 적이 없었다. 나를 유약하게 만들었다. 다짐은 얕은 웅덩이에 낀 살얼음처럼 쉽게 깨져 버렸다. 나태함, 게으름, 태만. 도시인이었던 나는 가상 세계에 중독된 어린 시절의 나였다. 여전히 폐쇄된 삶의 관성을 돌고 있을 뿐이었다. 하루하루가 소비로 점철되었다. 거리를 배회하고 다른 나를 만나

유희했다. 첫 발걸음을 잊었다. 유한한 시간은 무한히도 허비되고 있었다. 청춘과 아름다움은 영원할 거라고 오산하고 오만하게 행동했던 결과가 내 안에 퇴적되었다. 물건은 바로 가져야만 했고 쉽게 질렸으며 버리고 바꾸었다. 어떨 때는 가지지도 못할 비싼 자동차를 그저 바라만 보느라 시간을 허공에 날려 보내기도 했다. 미약했던 열등감은 어느새 눈덩이처럼 불어나 버렸다. 겉치레에 몰두하게 만들었고 다른 사람을 판단하는 기준이 되었다. 나를 소모와 낭비로 몰아넣었다. 그 반대급부는 청춘의 시간 그리고 감정이었다. 허영은 나날이 증폭되었다. 인식하지 못하는 사이 본성은 심해 속으로 고꾸라졌다. 허우적댈수록 더욱 빠르게 침몰했다. 감추기 바빴다. 표정은 메말라 갔다. 결국, 내가 가졌던 두려움은 외로움이 아니라 무심함이 되었다. 소유물에 매몰된 시간은 공허함을 토해 냈다. 텅 비어 버렸다. 두 뺨으로 흐르던 눈물은 나도 모르게 담벼락 뒤로 고였다. 해가 들지 않았고 바람이 불지 않았다. 축축해졌다. 이윽고 이끼가 생겨났다.

바닥을 타고 석축으로 올라와 담을 물들이기 시작
했다. 난 조금 열린 문을 마저 닫았다.

6월 1일

사표를 냈다. 마지막 퇴근 후 빌딩의 쇼윈도에
놓인 마네킹을 보았다. 사치스럽고 화려한 옷과 액
세서리를 걸치고 있었다. 유리창 위로 내 모습이
비쳐 보였다. 눈이 보이지 않는 거울 속의 나에게
서 도시인의 짙은 향기를 맡았다. 이전의 투박함은
사라졌고 보기 좋은 세공품이 되어 있었다. 내 기
대와 소망과 희망은 현실과 유격이 생겼다. 나는
도시와 달랐다. 방향은 엇비슷했지만 같지 않았다.
삶의 관성을 억지로 도시의 방향으로 비틀었다. 하
지만 거울에 비친 빛처럼 튕겨 나가기 일쑤였다.
정면으로 마주하여 나에게 다시 돌아와 온전한 내
가 되기를 바랐다. 사선으로 바라보는 삶이 편했
다. 과거의 나와 이야기하는 것이 쉬웠다. 오래된
도시인이 된 나는 더 이상 나를 똑바로 바라볼 수
없게 됐다. 그녀와의 입맞춤에서 느꼈던 불안함이

내 눈앞에 서 있었다. 회사에서 보냈던 내 모든 시간은 얼마의 돈으로 교환되었고, 관계는 종결되었다. 한번 이탈한 경로는 다시 돌리기 힘들었다. 오랫동안 도시에서 소비했던 내 시간은 탈선이 아닌 전복이 되었다. 경력은 유의미했으나 내 존재는 무의미해졌다. 나는 누구에게도, 누구에게서도 접속되지 않았다. 존재하지 않는 사람이 되었다. 나는 도시에서 잊혀졌다.

6월 2일

도시에서의 첫날을 꿈으로 꾸었다. 나는 강물에 반사되는 어렴풋한 형체와 빛으로 도시의 모양을 바라보았다. 손을 길게 뻗어 강물 위 그 별을 두 손으로 움켜쥐었다. 강 위를 흐르는 유람선 펜스에서 본 도시의 밤. 내게 사랑을 속삭이는 연인의 목소리는 바이올린의 선율로, 수많은 자동차의 경적은 트럼펫의 연주처럼 들렸다. 바람이 스쳐 갔다. 그곳에서 나는 도시의 영혼을 느꼈다. 탐색자는 오래도록 나를 바라보았다. 그리고 그것이 나를 끌어당졌다. 그러자 보잘것없던 나는 그 무게를 견뎌 내지 못하고 휘청거렸다. 갑판 위 안전 바를 굳게 잡았다. 커다란 배의 선수에 하얗게 부서지는 강물, 산란되는 도시의 빛으로 내 눈이 반짝였다. 나는 몸을 돌려 안전 바에 등을 대고 도시의 밤을 사려 깊게 응시했다. 나의 청춘이 그토록 갈구하던 도시는 어느 여인보다도 아름다웠다. 도시의 아름다움이 내게 쏟아졌다. 이윽고 미지의 경탄은 어스름한 눈물이 되어 흘러내렸다.

도시여 아름다운 나의 도시여. 환하게 빛을 내는 태양과 같은 도시여.

나는 한시도 눈을 떼지 못했다. 불빛을 발산하는 한밤의 도시는 내게 달콤한 꿈과 사랑의 환상을 안겨 주었다. 도시와 나는, 결국엔 서로가 만나게 되어 있는 사랑의 대상이었다. 내가 도시와 연결될 이유는 오직 도시에 대한 나의 흠모였다. 자연이 낼 수 없는 도시만의 색이, 그 안의 숲이 난 좋았다.

기꺼이 내 청춘을 도시와 함께하리라 다짐했다. 나는 도시인이 되기에 주저함이 없었다.

꿈에서 돌아오는 길에 도시가 나에게 물었다.

‘넌 무엇이 좋아서 나에게 기대는가?’

행복하고 즐거운 질문이었다. 고스란히 내 청춘을 그대에게 토해 내도 우리는 함께라는 이유요. 그대에게 기생하는 것일 수도 있지만, 그대는 내 덕에 빛날 수도 있었어요. 우리는 함께했습니다. 하지만 이제는 너무 슬프네요. 당신의 질문에 의심을 가진 지 꽤 오래되었거든요. 어느새 나는 늙었고 당신은 여전히 밝게 빛나고 있으니까요. 당신은 계속해서 성숙할 것이고 눈부실 거예요. 며칠 전부터 당신을 바라볼 때면 눈 안에 무언가가 가득 차 버렸어요. 어쩌면 회한일지도 모르겠어요. 별이 빛나고 태양이 내게 쏟아질 땐 그 모든 게 나에 대한 당신의 선물이라고 여겼어요. 항상 당신만을 생각했고 나를 생각해 본 적이 없었어요. 그런데 이제는 걱정돼요. 당신을 알게 되자 그 상심에 눈물이 너무 흘러 바람에도 움직이지 못하는 더러운 먼지

투성이가 되었거든요. 당신이 나를 그렇게 생각하지 않아도 이젠 어쩔 수가 없게 됐어요. 아직도 준비되지 않았는데 끝이 앞에서 기다리고 있어요. 처음으로 당신에게 부탁해요. 처음부터 이곳에 존재하지 않았던 것처럼 날 대해 주세요. 날 동정하지 말고 그냥 불꽃을 일으켜 나를 태워 없애 주세요.

6월 2일

한동안 그녀의 연락에 답하지 않았다. '어떻게 하면 그녀와 헤어질 수 있을까.' 도시에서 맺은 유일한 사랑이었다. 하지만 결국 내가 내려야 하는 결론이었다. 더 이상 나는 나를 지탱할 수 없게 되었다. 지나치게 감정에 휘말리고 있던 나에게 그녀와 감정을 소비하는 것은 가벼운 틈이라도 치명적이었다. 그녀와 만들어 낸 예전의 흔적을 들춰내면 나를 붙잡을 수 있을 거라 믿었다. 그녀를, 사랑하는 사람을 만난다는 건 늘 설렘과 기대를 안겨 주었다. 그녀를 바라볼 때면 이곳의 나에게 행복을 전달해 줄 수 있는 유일한 사람이 될 거라 생각했다. 처음 봤을 때 그녀의 붉은 눈빛, 살랑거리는 머리칼로부터 날리는 따듯한 향기, 그로 인해 두근거렸던 나의 감정, 열정, 헤어진 뒤의 그리움, 익숙해지기까지의 노력. 모든 것을 기억했다. 하지만 나는 사치스러운 도시의 생존에서 지극히도 궁핍해졌다. 한 번의 삐끗함은 결함이 되었고 팔리지 않는 재고가 되었다. 내가 가진 생존권으로는 그녀를 더 이상 행복하게 해 줄 수 없다는 생각이 들었다. 어떤 날은 천 원짜리 도넛 하나 사 줄 여유도 없어질까 두려웠다. 그녀와의 데이트 계획에서 조금이라도 어긋나면 집으로 돌아올 버스비가 모자라지 않을까 애 닳을 날이 생길 수도 있었다. 내가 미워지기 시작했다. 날 조금이라도 이해해 주길 바랄 수도 있었다. 하지만 내 콤플렉스는 그녀에게 고스란히 전해질 것이고, 우리는 단순한 이별이 아닌 파국이 될 것이었다. 두 손 가득 그녀를 담고 싶었다. 그렇다고 손안에 원하는 모든 것을 담을 순 없었다. 지금의 내 손은 고작 꽃 몇 송이를 쥐기에도 너무나 작았다. 두 손으로 그녀를 밀어낼 때가 되었다. 내 안에서 그녀를 지워야겠다.

　　우리가 함께 걸었던 모든 곳에서 네가 느껴져. 그리고 너와 함께 바라보았던 하늘이 고흐의 세상보다 더 동그랗고 또렷하게 보여. 그런데 언제부턴가 먼지가 끼었는지 내 눈에 이슬이 내렸는지 네가 잘 보이지 않아. 오랫동안 너를 외면했어……. 이젠 널 잊을 거야. 처음 네가 날 보며 했던 나를 잊지 말라고 했던 말, 이제야 알게 됐어. 나를 잃어버린 날, 너로부터 나를 볼 수 있게 됐는데, 이젠 어디에 있는지도 모르겠어.

6월 3일
그녀에게 편지를 보냈다.

6월 11일
그녀에게서 편지가 왔다.

　　그럴 때가 있지. 사진을 찍을 때 말이야. 날씨는 놀러 가기 좋은 가을, 하늘은 파랗고 구름은 하나도 없어. 내 앞에 친구들은 웃으며 오늘 정말 행복한 날이야, 라고 말하고 있어. 우리 오늘을 기념해서 사진을 남기자. 그래. 모두 좋아하며 동의하고는 카메라 앞에 서 있어. 네가 찍어서 우리에게 보내 줘. 그래. 그렇게 할게. 잠시 후에 나도 그곳에 서서 찍으면 그만이야. 모습 그대로 행복하고 아름답게 찍어 줄게. 다시 본 그곳에서의 너희들은 정말 예쁘고 아름다웠어. 그런데 사진 곳곳 구석에 내 손이 추억을 망치고 있어. 모든 사진마다 내 손가락이 가리고 있어. 그러고 싶지 않았는데……. 내가 행복의 그림자가 된 것 같아. 차라리 사진을 같이 찍었으면 좋았을 텐데.

난 언제나 인생의 주인공은 나라고 생각했어. 이제는 더 이상 주인공이든 조연이든 중요한 게 아니야. 영화처럼 내 삶도 편집해 줄 사람이 있으면 어떨까. 어쩌다 보니 어른이 되었는데 난 대본 하나 없는 무성영화 속 채플린 같아. 필름을 더 빨리 돌려서 「오즈의 마법사」 속 작은 조연이라도 맡았으면 좋겠어.

내 안에 머물러 있는 고독을 잠깐 부는 바람으로 생각했어. 나를 반기러 온 친구일까 반갑기까지 했어. 하지만 가지 않는 시간 위에 쌓여 내 안으로 파고들고 말았어. 외출하지 않는 날이 많아지고 밥은 언제나 혼자 웃는 TV를 가족 삼아 먹었어. 메마른 반찬과 오래된 밥은 맛이 느껴지지 않더라. 가슴 안에, 볼 위에 흐르는 쓸쓸함이 나를 어루만질 뿐이었어. 외로움은 잠시 곁에 두기엔 조금 차가운 친구였지만, 일상의 반려자로 두기엔 냉혹했어. 쓸쓸한 저녁 식사를 끝낸 시점에도 떨리는 손을 주체할 수가 없게 됐어. 한숨을 쉬어도 가을 한가운데 버려진 연인의 뚫린 감정이 가시지 않아. 가슴 안에서 쿵쿵거리는 시린 느낌이 더욱 선명해지고 있어. 작은 탁자 위 엄마가 보내 준 반찬을 먹을수록 더욱 배고파질 뿐이야. 너에게 전화를 걸어 같이 밥 먹을래, 지금 나를 만나 줘, 내 눈을 보고 말 걸어 줘. 그렇게 말하고 싶었지만 슬픔 안에서 울고 있는 네가 상상되어, 너를 더욱 힘들게 하지 않을까 울리지 않는 전화를 바라보기만 했어. 굳게 입을 다물고 손끝으로 톡톡 두드려도 봤어. 혼자 있는 시간이 필요했는데 과식한 듯 체한 기분이야. 전화기를 누느리듯 네가 나를 두드려 줬으면 했어. 등을 토닥여 줬으면 했어. 단

한 번만이라도 따듯하게 안아 줬으면 했어.

처음엔 혼자가 편하고 좋았어. 남을 외면하고 적당한 거리를 두는 것이 편리했어. 그러자 물리적 거리만큼 감정도 멀어지고 말았어. 그 편리함이 익숙해져 누구도 돌보지 않자 그건 오로지 내 것이 돼 버렸어. 착각은 나의 기대와 환상과 중첩되었어. 작은 방 안에서 초점 잃은 내가 된 거야. 영화도 커피도 산책도 그리고 사랑도 혼자야. 고독은 외로움과 무심함으로 변했고 여전히 난 그 안에 머물러 있어. 내 마음을 알아주길 바랐는데 넌 너만 사랑했어.

6월 11일

처음 그녀의 편지를 받고 난 뒤 나는 증오로 가득 찼다. 그저 그녀가 미웠다. 그렇기에 나는 그녀에게 향했던 내 마음의 파편을 형태도 남기지 않고 지워 버리기로 다짐했다. 하지만 나는 이미 알고 있었다. 나는 그녀에게 어머니의 죽음을 핑계로 오로지 내 감정만을 토해 냈다. 도시보다 가혹하게 이기적인 사랑의 방식을 일방적으로 쏟아 냈다. 그러면서 보잘것없는 나를 사랑하길 바랐다. 상처받지 않길 원하면서 지독히도 그녀에겐 깊은 흉터를 새겨 넣었다. 나는 귀를 닫고, 심지어 눈까지 감았나 보다. 내게 남은 것은 아무 것도 없었다. 처음 그녀를 마주했을 때 나는 서로의 다른 팔레트를 보게 될지 몰랐다. 그녀로 인해 내 회색 물감은 총천연 봄의 색으로 변모했다. 일상에, 내 행동과 사소한 취향에 그녀의 흔적이 남아 있었다. 비가 주는 끈적거림과 옷에 남는 비의 냄새가 싫어 작은 물방울에도 우산을 쓰거나 건물 안에서 그칠 때까지 기다렸다. 뜨거운 커피는 열기가 사라지기 전에 향기도 느끼기 전에 쓴맛을 견디며 삼켰다. 그런 내 안에 새겨진 그녀의 자국은 비를 좋아하게 만들었다. 커피의 갈색 향을 알게 해 주었다. 하지만 나는 완전히 그녀를 밀어 버렸고 겨울 안에 숨었다. 일방적으로 그녀를 외면했다. 그 대가는 비참한 짝사랑이었다. 관계의 종결에도 여전히 나는 그녀를 그리워했고, 그녀에게 기대려 했다.

차를 마실 때 그 차를 입에 대기 전에 찻잔을 잘 들여다봐. 차는 향기도 나고 온기도 있어. 그리고 색도 있는 거 아니? 홍차는 늦은 가을 단풍 같고 녹차는 여름날 느티나무잎 같아. 눈처럼 하얀 찻잔이어야만 그 색을 온전히 느낄 수 있어. 참, 커피는 상관없겠다. 난 어떤 차일 것 같니? 나도 잘 모르겠는데 네가 알게 되면 나에게 알려 줘. 대신 그때가 되면 너는 나에게 하얀 잔이었으면 좋겠어.

6월 18일

도시의 냉기가 사라지고 오한이 찾아왔다. 몸과 손은 시린 겨울바람에 잎사귀가 모두 떨어진 나뭇가지처럼 떨렸다. 중독의 후유증이 나타났다. 부모님이 계신 집에 대한 향수는 도시인의 피부 위에 충충이 흩뿌려진 서리로 시들해졌다. 현실의 뒤로 들어가 삶의 부산물이 되었다. 밖에서 본 도시는 내 소망과 기대로 인해 왜곡돼 있었지만, 나는 깨닫지 못했다. 강물과 거울과 빌딩의 외벽에 반사되는 윤곽이 어렴풋한 기억을 만들어 냈다. 그 위에 기대가 투영되자 그럴듯한 양가감정만이 남게 되었다. 처음 마주한 환영에 취해 낙원이라는 착각의 잔영이 여전히 내 심연에 자리 잡고 말았다. 난 그것을 직시하고 있었지만 보고 있는 것이 무엇인지 알지 못했다.

도시에서의 행복은 평범한 삶 단 하나였다. 그렇지만 그 평범함을 갖기 위한 과정은 복잡하고 어려웠다. 나의 가치는 그 많은 도시인 중에 진귀한 것이 아니었고 보상은 보잘것없었다. 그런 삶이 반복되었다. 어느덧 평범의 의미는 사치로 변했다. 삶은 생존으로, 직업은 생존을 위한 수단으로 전락했고 일상마저 힘에 부쳤다. 아침 식사는 거르는 게 태반이었다. 간혹 아침이라고 먹는 것은 허기를 달래거나 빠른 일상에 떠밀려 억지로 넘기는 정도였다. 점심 식사는 일에 밀려났다. 저녁 식사는 피곤과 잠이 대신했다. 휴일은 늘 주중의 준비시간처럼 허무하게 흘렀고, 나는 방에서 맴돌았다. 삶은 단조로워졌다. 한 수의 기록은 메모지에, 한 날은 수첩에 그리고 일 년은 노트 한 권에 모두 담겼다.

같은 시간을 공유했던 친구들이 저만큼 달려가고 있는 것을 뒤에서 바라보고, 그들이 이루어 놓은 것을 부러워할 수밖에 없었다. 언젠가부터 되는 방법이 아닌 되지 않는 이유를 찾았다. 조금이라도 회피하고 싶었다. 다른 사람과의 비교가 고통과 불행의 시작이었지만 원인은 엉뚱한 곳으로 귀결시키는 쪽으로 결론지어졌다. 작은 성취에도 값비싼 와인과 샴페인을 터트렸다. 오랜 시간 사용된 나는 하나둘 고장 나기 시작했다.

6월 22일

철저하게 도시인처럼 행동했다. 비겁해졌다. 변칙과 속임수를 썼다. 그럴수록 나는 추악해졌다. 더 이상 거울을 볼 수 없었다. 거울 앞에 서서 나의 두 눈을 견뎌 낼 수 없을 것 같았기 때문이었다. 오로지 끝없는 물질의 욕망에 사로잡힌 인간이 되는 것이 두려웠다. 도시의 냄새가, 그 비린 욕망이 온몸에 배었다. 눈에도 입에도 손에도 걷는 발끝에도 그리고 추위를 감싸 주는 한 벌의 옷 위에도 온통 냄새가 배어들었다. 도시 냄새가 진동했다.

6월 26일

　침대에 누워 천장에 시야를 고정했다. 고개를 돌려 벽을 향하자 하얀 벽이 가로막았다. 다리를 가슴 앞으로 끌어와 몸통을 압박해도 더 안쪽에서 누르는 진통은 가시질 않았다. 언제쯤 이 깊은 늪에서 빠져나갈 수 있을지, 가능은 한 것인지, 생각이 사로잡혔다. 어느새 머리가 텅 비었다. 텅 비어 있던 마음은 넘쳐흘렀다. 허우적댈수록 옥죄어 왔다. 차라리 진흙 아래로 빠져 버리길 바랐다. 따듯한 햇빛에 흔들렸다. 여름을 알리는 비에 흔들렸고 어리석은 바람에 흔들렸다. 내 안의 위태로움은 계절의 유혹에 소스라치게 요동쳤다. 창을 닫았다. 커튼을 여몄다. 이 방에서는 더 이상 계절의 흔적을 찾을 수 없을 만큼 견고하게 스스로 유배시켰다. 나는 누구에게도 닿지 않는 도시 유령이 되길 원했다. 다시 돌아가 보려 했지만 보냈던 시간이 아까웠고, 돌아가서는 또 어떻게 꾸려 가야 할지 막막

했다. 그래도 그곳에서는 최소한의 토대가 벼랑 위에 서지 않도록 지탱해 줄 여지가 있었다. 하지만 나에게는 용기가 없었다. 패배했다는 스스로 낙인에서 벗어날 수 있을지, 결정하기도 전에 너무 많은 걱정이 앞섰다. 도시로 오기로 한 것은 부모님의 삶에 대한 부인이었고, 도시를 떠나는 것은 지난 나의 삶에 대한 거부였다. 도시를 떠나는 것은 내 결정에 모순을 만드는 것이었다.

6월 29일

삶의 수행자이자 죽음의 집행자였던 나는 손에 쥐고 있던 단두대의 끈을 놓기로 했다. 그 날카로운 칼날이 중력을 품에 안은 채 일반적인 삶의 소리를 끊어 주길 희망했다. 유람선에서 바라보았던 찬란한 도시의 불빛, 전철 창가에 붉게 걸린 석양, 사람들의 작은 목소리가 만들어 낸 소음, 나에게 다가왔고 내가 다가갔던 그 모든 것으로부터 절연하기로 했다. 그리고 나로부터 한 발짝 떨어지기로 했다. 방 안의 커튼을 걷었다. 창밖에는 저녁 태양이 빨갛게 내려앉고 있었다. 과거에 대한 집착은 그만두고 미래에 대한 기대도 거두었다. 체념했다. 떨리는 손끝에서 평생을 함께했던 나의 그림자와 죽음을 인식했다. 언제나 셋이었던 나는 처음으로 그들을 인정했다. 그러자 너무도 쉽게 고통은 가셨고 눈물은 멈추었다. 아버지에게 인사를 하러 가야겠다.

—

유배를 끝낸 평일의 아침, 집 밖으로 나왔다. 문 닫히는 소리가 났다. 잠시 멈추어 뒤를 돌아 까만 문을 봤다. 아무도 있지 않은 텅 빈 방에서 누군가 나를 기다리고 있지는 않을까 하는 기대에 대답 없는 초인종을 눌렀다. 까만 문에 머리를 대고 몇 번이고 벨을 눌렀다. 당장 누구냐고 묻기만 해 준다면 그 사람을 두 팔 가득 안고 입맞춤해 주고 싶었다. 하지만 나는 그저 우두커니 고요함 위에 서 있었다. 그녀가 내 뺨 위에 따듯한 손을 얹고 위로했던 시간이 생각났다. 그때의 선택에 시야는 함몰

되어 가까운 것에서 멀리 떨어졌다. 축복도 환영도 받지 못하는 내 존재가, 손님으로 머물다 흔적도 없이 사라지는 나의 방 앞에 서 있었다. 문 위에 손을 대고 인사를 했다. 이제는 원하는 지점에서 원하는 시간을 찾을 수밖에 없었다.

버스의 창에 기대어 노면의 떨림을 온몸으로 받아들였다. 눈을 감고 새벽의 삶을 회상했다. 버스 유리에 내린 서리, 차가워진 손을 달래는 하얀 공기, 달궈진 엔진이 만들어 낸 머플러의 수증기, 운전기사의 눈을 괴롭히는 짙은 안개, 하늘을 뒤덮은 회색 구름, 쏟아지는 빗줄기, 건물 외벽을 타고 흐르는 물방울, 우산 위로 떨어지는 빗방울, 하수구로 쏟아지는 물줄기. 회색 구름이 내준 자리를 차지한 뭉게구름, 아지랑이와 유영하는 습기, 두꺼운 팔뚝을 타고 내리는 땀, 감은 눈, 먼 곳에서 철썩이는 파도, 그리고 뒤돌아 떠나는 여인의 뺨에서 흐르는 눈물. 이 모든 것은 태양으로 인해 사라졌다. 내가 존재했던 시간도 위치도 날려 버렸다. 도시의 내 차례였다.

집에 도착했다. 너무도 고요했다. 지저귀는 새소리가 들렸다. 햇살이 등을 두드렸다. 문을 열고 아버지를 불렀다. 대답이 없었다. 빈집을 청소했다. 흙투성이가 된 아버지의 옷을 세탁했다. 조용한 걸음으로 내게 다가온 아버지가 내 이름을 불렀다. 웬일이냐고 물었다.

"그냥 얼굴 본 지 오래된 것 같아서 왔어."

점심은 먹었냐고 물었다.

"아직 안 먹었어. 집이 왜 이렇게 지저분해. 한 번씩 청소 좀 해."

아버지는 내게 왜 아직 밥도 안 먹었냐고 물었다. 살이 많이 빠진 것 같다고 했다. 엄마한테는 다녀왔냐고 물었다. 동생이 궁금해서 전화했었는데, 잘 안 받는다고 했다. 혼자 있으니 할 게 많아서 나에게 연락하지 못했다고 했다. 그리고

"그동안 잘 지냈니?" 아버지가 물었다.

뜨거운 햇살에 그을린 아버지의 얼굴은 까맸다. 어깨는 작게 말려 있었고, 발걸음은 달팽이보다 느렸다. 아버지는 어릴 적 내가 무심코 흘렸던 말을

기억해 나에게 돌려주었다. 언덕 위에 펼쳐진 녹색의 정원에 앉아 풍경을 바라볼 때, 내 얼굴에 묻은 빵 부스러기를 떼어 따스한 감촉으로 되돌려주었다. 나약한 나의 말을 흔들림 없이 들어 주었다. 내 소망을 추억으로 만들어 주었다.

무거운 책임이 그의 어깨를 짓눌러 걸음까지 무겁게 만들었다. 가족을 위해 그는 늘 묵묵히 굳은 걸음을 내디뎌야 했다. 그럴수록 그의 삶은 땅 깊숙이 박혔고, 무게는 가산됐다. 그의 소모는 나의 영양분이 되었다. 아버지로부터 일방으로 흐르는 삶은 내 어깨와 다리를 가볍게 했다. 나는 언제라도 쉽게 날아갈 수 있었다. 하지만 나는 깃털의 무게도 버틸 수 없는 두 다리를 갖게 되었다. 미숙했다. 찬란했지만 암담했다. 나의 끝은 명확했다. 나의 소멸이고 아버지의 소실이었다. 죽음 곁에 선 나는 어쩌면 아버지의 삶 일부로 회귀해야 할 수도 있음을 인식했다. 아버지를 위하여 몰두했던 어머니가, 타인의 행복을 비는 삶이 자신을 구제하는 것임을 알아차렸다.

아버지의 손을 잡았다. 구원을 바라던 나에게 아버지의 온기가 닿자 아득하게만 느껴졌던 그때가, 아버지의 무릎 위에 앉아 잠을 자던 내가 떠올랐다. 조그만 내 가슴을 포근하게 두드리던 흙투성이 손을 느꼈다. 어머니의 죽음 후 퇴적되던 나의 죄책감이 아버지의 온기로 너무도 쉽게 허물어졌다. 그리고 현실의 아버지가 보였다. 구부러진 그의 등은 지탱할 무언가가 필요했다. 아이가 되어 가던, 빠르게 흐르는 아버지의 시간을 벌어 주고 싶었다. 견딜 수 없는 눈물이 흘렀다. 아버지가 내 등을 토닥였다.

아버지의 죽음을 앞지를 수 없었다. 능동적이지 못했던 내가 삶의 결정권을 가지고 있다고 해서, 이제 와 능동적인 척, 결론 내려 했다. 삶의 관성대로 다시 시간에 맡기고 조금은 수동적인 인생을 취해야겠다는 생각이 들었다. 내 삶을 아버지에게 돌려야 했다. 그것이 살아야 할 이유였다. 이제 나는 시간이 남긴 고통을 시간이 다시 회수해 가도록 기다리기로 했다. 삶 안으로 죽음을 인식하고 동반하기로 했다. 죽음을 옆에 두자 이내 사라져 버렸다.

7월 3일

아버지와 저녁을 먹었다. 두 손으로 아버지의 두 꺼운 손을 잡고 인사했다. 그리고 막차를 타고 다시 도시로 향했다.

7월 15일

몇 시인지도 모를 시간에 전화가 울렸다. 친구였다. 어머니의 장례식 이후 한동안 연락하지 않았었다. 애써 외면했었다. 하지만 전화를 받았다. 친구는 호들갑을 떨었다. 안부를 물었다. 친구는 얼마 전 사귀던 여자와 결혼을 했다고 했다. 미안했다. 나의 슬픔이 전가된 행복이 아니길 바랐다. 친구는 몇 가지 이야기를 했다. 그는 최근 낚시를 배웠다고 했다. 흐르는 강물에 낚싯줄을 풀면 유속에 따라 줄이 빠르게 풀리기도, 느리게 풀리기도 하는데 빠른 속도에서는 감아올리기가 힘들다고 했다. 그런데 유속이 느린 강에서는 줄을 다 푸는 데 시

간이 오래 걸리지만 감아올릴 때는 힘이 전혀 들지
않는다고 했다. 내가 천천히 흐르는 강물 위에 떠
있었으면 좋겠다고 했다. 돌아오는 사이 물이 말라
있을지도 모르니 천천히 걸어오라고 했다. 알겠다
고 했다. 우리는 전화를 끊었다. 그리고 나는 창문
을 열고 퀴퀴한 공기를 밖으로 밀어냈다.

7월 29일

친구를 만나기 위해 준비를 하고 일찍 집을 나왔
다. 약속보다 한 시간이나 먼저 나오는 바람에 어
쩔 수 없이 약속 장소 인근의 커피숍으로 들어갔
다. 주문하고 비어 있는 의자에 앉았다. 고개를 돌
려 사람들을 바라봤다. 모두 자신의 공간에 빠져
있었다. 옆에 그리고 앞에 누군가 존재함에도 혼자
온 사람처럼 굴었다.

거기 날씨는 어떠니? 여긴 정말 더워. 친한 친구들
과 여름을 피해 왔어. 시원한 커피 한 잔 마시려고 해.
내일은 더 더울지 몰라. 더위 조심해. 금방 만났으면 좋겠다.

　그들은 가장 가까이 있는 사람보다 손안의 보이지 않는 사람에게 집중하고 있었다. 더 행복하길 빌고 있었다. 그들은 언제 만날지 모른다. 만나지 않을 것이고 만나지 않았다. 같은 공간의 사람끼리는 말하지 않았다. 바로 앞사람과의 대화는 순식간에 끝났다. 찰나의 대화, 그 순간에도 입만 움직일 뿐 상대의 눈은 바라보지 않았다. 오로지 손끝으로만 대화하던 그들은 말할 수 없었다. 그들은 그렇게 되었다. 시간이 지나 친구에게서 전화가 왔다. 근처에 왔다고 했다. 나는 마시던 커피를 들고 의자를 정리하고 나왔다. 떠나는 그 순간에도 그들은 거기에 없었다.

　친구들을 만났다. 번화가에서 조금 떨어진 곳을 걸었다. 골목은 주말에 나온 사람으로 가득 찼다. 도착한 작은 술집은 운 좋게 금방 자리가 났다. 우리는 빈 곳에 자리를 잡았다. 친구들을 만난 건 오래전이었다. 하지만 우리는 어제 만난 것처럼 인사했고 술을 마셨다. 유일하게 내 감정을 드러낼 수 있는 자그마한 시간과 공간이 좋았다. 음악은 경쾌했다. 테이블 위의 술병만큼 술집의 목소리가 쌓여갔다. 이곳에는 두려움도 외로움도 무심함도 없었다. 친구의 빨간 얼굴 뒤에 있던 꽃병 하나가 눈에 들어왔다. 꽃병에는 세 송이의 하얀 백합이 꽂혀 있었다. 두 송이는 활짝 피어 테이블 위의 조명을 마주 보고 있었고, 한 송이는 소심하게 그 빛을 머금고 있었다. 도시에 들어왔을 때, 나는 가장 아름다운 꽃이 되고 싶었다. 함박웃음을 짓고 있는 꽃이 되기를 소망했다. 꽃피는 시간이 누구보다 길고 화려할 거라 생각했다. 하지만 예상은 빗나갔고 생각대로 되지 않았다. 이제 와 생각해 보면 나는 도시의 꽃병에 어울리지 않는 존재였다. 어릴 적 친구들은 서로의 기대와 유쾌함의 덩어리로 존재했다. 무엇이든 함께했다. 추억이 우리를 이끌어 갔다. 어느덧 시간은 우리를 느슨하게 만들었나. 하나둘 이탈했다. 덩어리는 깨져 파편이 되었다. 몸을 숙여 떨어진 파편을 주워 들여다보았다. 내 얼굴이 보였고 친구들의 뒷모습이 보였다. 삶을 조각내자 비로소 보이지 않던 것이 보이기 시작했다.

친구, 술이 많이 취했나 봐. 오늘은 우리 집으로 가자.

친구가 내게 말했다.

7월 30일

오후, 나는 친구의 집에서 눈을 떴다. 알 수 없는 이유로 가벼운 미소가 입꼬리에 걸렸다. 집에는 아무도 없었다. 친구에게 고맙다는 문자를 남겼다. 밖으로 나와 지하철역으로 향했다. 높은 빌딩들이 거리를 에워싸고 있었다. 이곳 역시 푸른빛이 옅어진 하늘은 좁았고, 거리에는 도시인이 가득 차 있었다. 몇 블록 지나 역에 도착했다. 걸음을 멈춰 이정표를 봤다. 갈아탈 수 있는 역이었다. 이전에는 미처 인식하지 못했다. 내 집의 반대 방향으로 가면 도시를 떠날 수 있는 기차역에 갈 수 있었다. 가슴이 두근거렸다. 도시인이 되기 전의 내가 그랬듯 고민도 없이 반대로 향했다. 계단을 따라 땅속 깊은 곳으로 내려갔다. 지하철을 기다리는 사람이 가득했다. 도착한 지하철에서 사람이 쏟아졌다. 그들이 사라지고 나를 포함한 새로운 승객이 공간을 채웠다. 지하철은 조명이 덧대어진 터널을 지났다. 그 사이 지하철은 수많은 도시인이 사라졌다 나타나길 반복했다.

기차역에 도착했다. 건물의 몇 층만큼 되는 높은 계단을 뛰어 올라갔다. 대합실에 도착하자마자 바로 가는 가장 빠른 기차표를 끊었다. 몇 분 남지 않았다. 플랫폼을 향해 뛰어갔다. 기차가 막 떠날 준비를 하고 있었다. 간이 상점에서 물을 한 병 샀다. 그리고 기차에 올라탔다. 숨이 막혔지만 아까 그 알 수 없는 미소는 함박웃음이 되었다. 창가 자리에 앉았다. 물을 마셨다. 몇 차례 숨을 크게 내쉬었다. 가슴 속 고동이 잔잔해졌다. 기차가 느리게 출발했다. 기차 안은 비어 있었다. 조금 굼뜬 기차이기에 평일의 바쁜 도시인들에게는 불필요한 존재였다. 하지만 지금의 나에게는 좋은 일행이었다. 기차는 플랫폼을 지나 도시의 건물 숲을 밀어냈다. 붉게 물들기 시작하는 하늘이 나타났다. 언제나 가로등에 가려 일상의 다리를 건널 때 잠시 비추었던 저녁이 눈앞에 다가왔다. 기차 안의 나는 도시인이 된 후 처음 맞이했던 그 설렘을 도시를 막 떠나기 시작한 지금 다시 한번 느끼고 있었다. 알 수 없는 전율이 요동쳤다. 유리창에 비친 내가 보였다. 도시의 움직임 앞에 내 두 눈이 빛나고 있었다.

7월 30일

잔잔히 흐르는 여름 저녁의 파도 위에 앉아 분홍빛 수면 아래로 잠을 자러 들어가는 태양을 바라보고 있었다. 무릎 아래 머물던 사람들의 그림자가 어느새 몇 배나 길어졌을 때, 바다 한가운데서 즐기고 있던 한여름의 저녁이 바로 내 앞까지 달려와 있었다. 소금 향기를 품에 안은 바람이 불었다. 바다가 흔들렸고 이내 파도가 밀려왔다. 그리고 오늘의 태양은 별을 맞은 달처럼 부서졌다. 사람들의

머리카락이 휘날렸다. 흔들리는 여인의 치맛자락
이 바람을 안고 있었다. 여름을 살펴 주었다. 하루
의 기적 끝에 서 있던 나는, 그저 방관자였던 나는
그제야 종일 나를 바라보고 있었던 하얀 달을 알
아차렸다. 언제나 너무 밝은 가로등 뒤에 숨어 있
던 그 존재는 유일하게 눈 시림 없이 볼 수 있는 빛
나는 그것을 도시를 떠난 먼 곳에서 비로소 느끼게
되었다.

　―

　여느 때와 다름없는 날, 후배에게서 전화가 왔다.
O가 죽었다고 했다. 세세한 것들은 잘 모르지만
자기는 오늘 장례식에 갈 것이라 했다. 언제 갈 거
냐는 질문에 오늘은 힘들 것 같고 내일 가겠다고
했다. 다음에 보자는 인사를 한 뒤 전화를 끊었다.
며칠 전 꽤 오랜만에 O와 통화를 했다.
　"형, 잘 지내지? 연락 못 해서 미안해. 회사 그만뒀
어 쉬다가 장사를 좀 해 보려고. 전에 형 동생이 기
게 했었잖아. 내가 잘 몰라서 알려 줬으면 좋겠어. 언

제 시간 나면 여기 한번 와. 형 집 가는 길이니까 들
르면 되겠다. 금방 또 연락할게. 잘 지내고 있어.”

—

　두 명의 동문과 연락이 닿아 장례식에 같이 가기
로 했다. 장례식장은 O와 인연이 없는 지역이었다.
보통 누군가가 죽었다면 고향에서, 집이 있는 곳에
서 장례를 치르기 마련인데 전혀 예상치 못한 곳이
었다. 그가 결정한 도시의 시작과 끝은 결국 같은
방식이 되었다. 다음 날 기차역에서 그들을 만나
곧바로 장례식장으로 이동했다. 잘 지냈냐는 인사
와 함께 근황을 이야기했다. 그리고 나는 O가 어떻
게 죽었냐고 물었다. 자살이었다.
　“학교 다닐 때 O는 며칠씩 연락이 안 될 때가 많
았어. 그럴 때면 너무 답답하고 걱정됐었어. 누구
도 O가 어디 있는지 몰랐거든. 그래서 무작정 O의
집으로 가 보니 집 조명도 다 꺼 놓고 침대에 누워
있더라. O를 만나기 전에는 너무 화가 나서 뭐라고
말하고 싶었는데 집에서 본 그의 모습에 차마 그럴

수 없었어.”

O의 연인이었던 A가 말했다.

“아마 O는 증권사 일이 안 맞았을 거야. 돈을 많이 벌긴 했어도 가책을 느꼈다고 했었거든. 결과가 어찌 되든 O는 의뢰인에게 듣기 좋은 말만 했대. 그리고 그들에게는 손해가 생겨도 O와 회사는 여전히 돈을 번다는 게 너무 미안하다고 했어.”

같이 학교에 다니던 시절 O가 살던 집에 여러 번 갔었다. 침구는 잘 정돈되어 있었고 책과 옷들도 있어야 할 곳에 바르게 놓여 있었다. 이불을 포함하여 침구는 모두 어두웠고, 검정에 가까운 빨간색 커튼은 항상 창문을 가리고 있었다. 궁금했지만 물어보지 않았다. 그저 그의 취향으로 생각했었다. 침대 바닥과 구석에는, 굳이 찾아서 보지 않는 한, 눈에 띄지 않는 먼지들이 있었다. 그마저도 조명을 끄면 전혀 보이지 않았다. O와의 만남이 반복될수록 구석의 먼지는 덩어리가 되었다. 나조차도 꽤 신경이 쓰였지만, 그는 무심한 척했다. 언제나 괜찮아했다.

역에 도착하자마자 택시를 타고 장례식장으로 갔다. 평일 낮이었고 O의 가족과는 연고가 없었으며 먼 곳이었다. 그저 O가 잠시 머물렀던 곳이었다. O의 죽음을 추모하기에는 그들이 사는 곳이 잔인한 곳으로 되어 버릴까 이곳으로 정했을 수도 있다는 생각이 들었다. 그들의 공간에서는 함께했고, O가 남기고 간 흔적들을 통해 끊임없이 O와 마주하게 될 것이 명백하기에 의도적으로 외면하기로 했을 것이다. 잠시 머물렀던 곳이라면 그나마 쉽게 O의 죽음을 망각할 수 있을 것이다. 상주는 O의 동생이었다. 우리는 조문을 한 뒤 장례식장 구석에 자리를 잡았다. O의 부모님은 보이지 않았다. 아무도 울지 않았다. 아무 소리도 없었다.

조문을 마치고 장례식장을 나와 일행과 헤어졌다. 그들은 택시를 타고 떠났고 나는 천천히 길을 따라 걸었다. 장례식장은 도시의 싱그러움이 사라진 곳에 있었다. 한때 이곳은 밝은 곳이었다. 모든 것이 따스했고 반짝였다. 희망과 기대가 있었고 미래가 있었다. 시간이 지나 도시의 에너지가 옮겨

갔다. 화려했던 건물은 죽음의 외투를 뒤집어썼다. 장식은 강풍에 찢겨 왈칵 눈물을 쏟아 냈고, 북쪽 벽면은 곰팡이를 한가득 머금어 생기가 사라졌다. 점점 사람들은 그곳을 찾지 않았다. 도시마저 쓸모 없어졌다.

했던 것과 하지 못한 것이 떠올랐다. O와 실없이 웃던 시절, 가족과 어머니가 해 준 저녁을 먹던 모습, 그녀와 손잡고 걷던 강가. O가 술 마시자고 했을 때 그와 억지로라도 웃으며 이야기했으면 어땠을까, 어머니가 두통이 있다고 했을 때 심각하게 생각했으면 어땠을까, 그녀가 회사를 옮긴다고 했을 때 그래, 라고 말했으면 어땠을까. 차라리 도시에 오지 않았으면 어땠을까. 가슴이 저렸다. 따듯한 햇살을 맞으며 혼자 걷는 내 얼굴 위로 장례식장에서도 찾지 못한 눈물이 흘렀다. 어머니의 죽음 후로 말라 버린 줄 알았던 슬픔이 후회로 변해 버렸다. 능동적으로 변한 줄 알았던 나는 여전히 수동적이었다. 이제는 누군가 만들어 놓은 길을 따라갈 수밖에 없는 처지가 되었다. 무엇을 선택해야

할지, 어디로 가야 하며 어떤 것이 올바른지 모르
겠다. 길을 잃어버린 것 같다.

9월 12일

　도시인의 가난한 내면으로부터 투영되는 저속
한 야망은 인식하지 못하는 사이 O의 심연까지 가
득 채웠다. O는 점점 비어 가는 내면에 괴로워하고
고통에 허우적거리며 가쁜 숨을 내쉴 수밖에 없었
다. 그는 수면 밑으로 완전히 잠겼고 나를 포함한
주위의 누구도 찾지 않았을 때 스스로 동전을 던졌
다. 어느 면이 나오던 세상과 무관한 존재가 되기
로 마음먹었다. 마지막 잠을 청했을 O의 침대는 자
기가 원하는 자유를 향한 통로가 되었다.

　O가 죽음에 다다랐던 과정을 내가 품었던 생각
에서 찾았다. 도시에서는 무엇인가를 기대하고 그
것이 만들어 낼 결과에만 환희했다. 합리적이라는
착각이 온전히 나를 차지해 버리자 감정은 희석되
었고 깊은 동면에 빠져들고 말았다. 내게 어머니의
죽음은 활화산의 촉매제가 되어 이성은 그 존재 이

유가 사라졌다. 오히려 감정의 띠에 갇혔다. 그것은 소모로 점철되는 무의미한 삶에 의문을 품게 했다. 그리고 무엇인가 결정을 내리도록 강요했다.

O는 물 위를 표류하는 작은 종이배처럼 떠갔다. 종이배는 습기를 머금다 어느새 물을 삼켜 버렸다. 종이배는 사라졌다.

9월 15일

가벼운 옷으로 갈아입고 밖으로 나갔다. 두껍게 겹쳐 있는 건물은 먼지로 형체를 알아보기 힘들었다. 바로 눈앞의 것만이 온전하게, 그마저도 흐릿한 먼지를 뒤집어써 아침의 뿌연 안개처럼 보였다. 도로 양쪽을 가득 채운 수많은 차는 어디론가 줄지어 가고 있었다. 낮이 짧아지고 있는 계절이기에 빠르게 어두워졌다. 자동차는 그 안의 사람을 위해 길을 밝혀 주고 있었다. 나는 언제 들어올지 모를 누군가 설정해 놓은 가로등 불빛에 의존해 길을 걸었다. 시간은 나에게 청춘의 옷깃을 오려가고 있었다. 도시의 삶은 한 달, 다른 한 달을 겨우 버티는 것에 그칠 것이 명백했다. 먼지가 더욱 짙어졌다. 늘 그랬듯 이곳엔 오롯이 나만이 길을 걷고 있었다. 내 앞에서 반짝이던 빨간 불빛이 더 이상 갈 수 없다고 알려 주었다. 저녁이 내려앉았다. 길이 잘 보이지 않는다. 그만 집으로 돌아가야겠다. 너무 멀리 걸어왔다.

10월 10일

창문을 활짝 열고 청소를 했다. 구석구석 쌓여 있는 먼지를 털어 내고 침대를 정리했다. 쌓여 있는 옷들을 세탁했다. 싱크대 안의 음식 쓰레기를 버리고 그릇을 닦았다. 그리고 내가 만든 쓰레기를 큰 봉투에 담에 건물 밖으로 내놨다. 처음 이곳에 왔을 때처럼 깨끗하게 정리했다. 컴퓨터를 켰다. 바탕화면에 깔린 쓸데없는 아이콘, 파일과 프로그램을 지웠다. 휴지통을 비웠다. 그리고 오랫동안 무관심했던 이메일을 열었다. 회사를 그만두기 전 받았던 것 외에는 광고 메일만 가득했다. 모조리 지웠다. 수천 개나 쌓인 스팸 메일함을 열었다. 방금 누군가가 메일을 보냈다. 모두 선택한 후에 삭제하기를 반복했다. 그러다 익숙한 이름이 보였다.

보낸 사람: O, 삶의 환희, 0000년 2월 13일

　　　삶이 나에게 왔을 때, 내가 선택한 이곳에서의 삶이 내가 원한 기쁨의 경계와 딱 맞아 떨어졌을 때, 난 그게 행복인 줄 알았어. 보이는 모든 것에서, 즐거운 삶은 행복한 인생이고 쉽게 따라갈 수 있을 거라 생각했어. 어른의 삶은 교과서 같잖아. 그게 모범 답안 같아서 몰래 베껴 오고 있었는데…… 생각해 보면 그 안에서 나는 빠진 것 같아. 내가 뭘 원하고 있었는지 내가 누구였는지 모르겠어. 사랑하는 사람 한 명, 그 사람과의 아이, 집 하나, 차 하나만 있길 바랐어. 많은 걸 원한 건 아니잖아. 시간이 많이 지나 버렸어. 어느새 내 모양은 잊었고 평범한 일상은 사치가 된 거야. 하늘 위, 구름에 앉고 싶었어. 하지만 그럴 때마다 땅바닥에 주저앉았어. 흩날리는 비에, 한껏 물 머금은 낙엽이, 어깨에 떨어질 때면 그게 너무나도 무겁더라. 언제부턴가 내 청춘이 사라졌다는 걸 인식하지도, 다른 청춘으로 대체

된다는 것도 간과했어. 나의 오만한 감정과 자신감이 이곳을 종착지라고 착각하게 만든 거야. 내가 가진 유일한 영원의 청춘은 경험, 돈보다도 가치 있다고 생각했는데…… 이제 내게 남은 것은 조금의 돈뿐이야. 양심의 부식이 영혼을 타락시켰어.

보낸 사람: O, (제목 없음), 0000년 6월 30일
　　하루가 끝나고 집에 돌아와 불을 켜기 전, 텅 빈 곳에 우두커니 서 있노라면, 나를 서글프게 했던 지난 삶이 생각나. 이곳에는 뜨거운 열기가 느껴지는 여름이 있었고, 추위 가득했던 겨울이 있었어. 그래도 그 여름과 겨울을 참을 수 있었던 건 사이사이 봄 그리고 가을이 달래 주어서 그런 걸 거야. 그렇겠지? 오늘도 잘 견뎌 낸 나에게 코끝 찡하게 안아 주는 엄마의 향기가 생각나는 밤이다.

O로부터 온 짧은 이메일이 한 페이지를 채우고 있었다.

보낸 사람: O, (제목 없음), 0000년 12월 31일

층층이 그리고 옆으로 네모반듯하게 배치된 조그만 방을 사람이 하나씩 차지하고 있었다. 하지만 단 한 번도 누군가의 머리카락을 본 적이 없다. 비슷한 일정대로 살고 있을 테지만, 다른 방에서 들리는 소음으로 거기 있음을 유추할 뿐이었다. TV 소리, 통화하는 소리, 문을 여닫는 소리, 벽 너머로 얼굴 없는 자는 분명 존재했다. 그들이 일제히 소음을 거뒀을 때 내 귀에서 만들어 내는 이명만이 여전히 나의 생존을 증언해 주었다. 각자 생존하고 불면의 밤을 보냈다. 표면 아래로 뚫기엔 무뎠고 지켜 내기엔 유약했다. 그래도 살얼음에 베일까 지레 겁먹은 불편함은 방패가 되었다. 이곳에 광장은 없다.

보낸 사람: O, (제목 없음), 0000년 6월 30일

나는 어디에 있었던가. 살아 있다는 인식은 하지도 못한 채 천국을 뒤로하고 무지개 끝을 갈구하며 허둥대고 불투명한 유리로 세상을 바라봤디.

보낸 사람: O, (제목 없음), 0000년 11월 30일

　　　어릴 적 저녁까지 놀던 친구들은 엄마의 부름에 응답하듯 떠났다. 차가운 달이 깊은 새벽을 맞이하고 있을 때 술 마시던 친구들은 가족의 전화에 떠났다. 끝에 혼자 남겨졌을 때, 마지막까지 사랑한 그녀가 옆에 있을 때, 난 그때 가족이 있어야 했다. 모두가 떠나고 둘만 남았을 때, 난 그녀와 가족이 됐어야 했다. 나의 청춘을 기억하고 있는 단 한 사람, 그녀와 결혼해야 했다.

보낸 사람: O, (제목 없음), 0000년 12월 31일

　　　신이시여. 달콤한 꿈에서 유영하고, 내 운명과 젊음과 아름다움 안에서 영원히 헤엄칠 수 있도록 용인해 주시길, 또한, 이 보잘것없는 돌덩어리가 다이아몬드처럼 날카롭게 세공되어 빛나게 해 주시길 바랍니다. 나의 발자국, 작은 몸짓마저도 첫사랑의 열정처럼 바라봐 주시길 바랍니다.

보낸 사람: O, (제목 없음), 0000년 2월 29일

비가 내렸다. 전철에서 내려 사람들을 따라 출구로 나왔다. 계단 위 아스팔트 도로는 비로 반짝였다. 인도를 걸은 뒤, 무작정 가까운 공중전화 부스로 들어갔다. 어깨는 축축했다. 전화기를 잡았다. '그저 전화를 기다리는 삶이었지…….' 나는 차마 전화번호를 누르지 못했다. 부스에 기댄 채 수화기를 들고 서 있었다. 세찬 바람에 부스가 흔들렸다. 사랑했던 모든 사람이 보고 싶다. 천천히 수화기를 놓았다. 문을 열었다. 여전히 굵은 비는 그치지 않고 내리고 있었다.

보낸 사람: O, 형, 0000년 9월 2일

　　　　무심한 내 삶 위에 어떤 음악이 흐른다고 생각한다면 나는 음악의 감정에서 벗어나지 못할 거야. 들리는 음악이 나를 휘젓겠지. 맑은 날의 흐린 음악은 우울함을 줄 것이고, 흐린 날의 밝은 음악은 조금은 희석된 기쁨을 줄 거야. 나를 정하는 건 누굴까. 나는 나를 정하고 있을까? 모르겠어. 떠나가면 좋겠는데 나만 내 주변에서 맴돌고 있네. 그만 쉬고 싶디. 이젠 니무 버거워. 아무 일도 일어나지 않을 거야. 새로운 일이…… 더 이상 없거든.

O로부터 온 메일은 이렇게 끝났다. 컴퓨터를 껐다. 전화기가 울렸다. 동생에게서 연락이 왔다. 아버지가 아프다고 했다.

11월 30일

기꺼이 회색 도시의 굴레 안으로 들어왔다. 그리고 꽤 오랫동안 즐거웠다. 청춘을 연료로 육체를 혹사시키고 날을 지새웠다. 그 시절 나를 지탱한 것은 덜떨어진 안목과 짧은 까탈스러움뿐이었다. 대책 없는 도시의 삶에서 청춘은 시대를 만들 것 같았지만, 안목은 비슷해졌고 시간은 각자의 가시를 갈아 냈다. 그들은 쉽게 그리고 빠르게 오래 사용한 열쇠처럼 무뎌졌다. 색은 옅어졌고 스케치는 희미해졌다. 어느덧 꿈은 아침 안개 뒤로 사라졌다. 조각이라 착각했다. 도시에게 나는 작품을 완성할 마지막 조각이라 생각했다. 도시의 아름다운 조형물이라 여겼다. 원할 때 일부로 합쳐질 수 있다고 오해했다. 그러나 나는 도시의 압박을 이겨 내지 못하고 뒷걸음쳐 달아났다. 유일했던 시간마저 갈취당했고, 말라 버린 기대는 치명적인 칼이 되었다. 곧 버려질 파편으로 전락했다. 나는 불필요해졌다. 나의 생존을 위해 양쪽의 현실 중 하나를 잘라 내야 했다. 나는 일생을 함께하기로 한 다짐을 깨기로 했다. 죽음을 내 옆에 둔 순간부터 도시를 버리고 아버지의 죽음을 뒤에서 바라보기로 결정했다. 거울에 반사된 도시의 푸른 새벽과 저녁의 붉은 태양을 뒤로해야겠다. 그것은 영원히 손에 닿을 수 없을 것이다. 내 눈으로 들어와 오직 머릿속 욕망만을 채울 것이다. 하루하루 태양이 가라앉고 있음을 추측만 할 것이다. 그리고 도시는 누군가로 대체되어 또 흘러갈 것이다. 돌아가야겠다. 이곳에서의 실패를 오롯이 청춘에게 돌리고 이제는 돌아가야겠다.

광범위한 지역에 흩어져서 사는 많은 사람이
나에게 주목할 것이며, 그보다 더욱 먼 곳에 사
는 사람들도 나를 바라볼 것이다. 나의 반대자들
은 나의 최면술 속에 살게 될 것이다.[*]

—에곤 실레

직물 소파에 몸을 파묻은 소녀가 화가를 응시했
다. 그녀의 두 눈은 화가에 대한 존경과 매혹으로
가득 차 있었다. 하지만 화가는 그녀의 눈빛에도

---

[*] 라인하르트 슈타이너, 『에곤 실레』, 양영란 옮김, 마로니에북스, 2005,
14쪽.

아랑곳하지 않고 빈 캔버스를 채워 나갔다. 그녀가 그의 집에 온 지 한 달이 넘었다. 수차례 그녀의 부모가 화가의 집을 방문했지만, 딸의 완강한 태도에 어찌할 도리가 없었다. 소녀는 찻잔을 들고 소파에서 일어나 화가 옆으로 다가가 섰다. 화가는 전신 거울에 비친 자신에게 빠져 있었다. 갑자기 화가가 그림 그리는 것을 멈추었다. 그는 쥐고 있던 붓을 탁자 위에 올려놓더니 연신 재채기했다. 소녀가 화가의 어깨를 가볍게 두드렸다. 화가가 오른쪽으로 고개를 돌려 소녀를 쳐다봤다. 소녀가 쥐고 있던 찻잔을 그에게 내밀었고, 화가는 잔을 받아 차를 마셨다. 이내 화가의 기침이 잦아들었다. 집은 조금 전의 고요함으로 되돌아갔다. 화가가 소녀에게 찻잔을 돌려준 뒤 다시 붓을 쥐었다. 거울 안의 뾰로통한 소녀가 보였다. 화가가 어깨를 으쓱였다. 소녀는 부엌에서 나무 의자 하나를 가져와 화가의 캔버스와 거울 사이에 놓고 앉았다. 화가의 눈은 거울과 캔버스를 번갈이 살폈다. 동시에 붓을 쥔 손은 분주하게 구아슈를 오갔다. 하지만 옆에서 들리는 사소한 소음과 움직임이 신경에 거슬렸다. 화가는 손을 허공에 멈춰 세우기도 했다. 점점 그림 그리는 소리가 줄어들다 그것마저 사라졌다. 화가는 소녀에게 시선을 빼앗겨 그림을 그릴 수 없었다. 그런 화가를 본 소녀가 환하게 웃었다.

"거긴 앉지 말라고 했잖아." 화가가 오른손에 붓을 쥔 채 못마땅하게 말했다.

"효과가 있었네요." 소녀가 미소를 머금은 채 말했다.

"공부 안 하니?"

"아저씨가 알려 주지도 않는데 어떻게 배워요."

"선생님으로 부르라고 했잖아."

"전 아저씨가 좋아요." 소녀의 말에 화가의 얼굴이 붉어졌다. 그런 화가의 모습에 소녀는 깔깔대며 웃었다. 소녀의 웃음소리가 멈추자, 화가는 다시 그림을 시작했다.

"한 달 내내 자화상만 그리는 건 너무하잖아요."

"빈둥거리고 방해만 할 거면 부모님 집으로 돌아가. 본의 아니게 나만 거짓말한 꼴이 되잖아." 그리고 거실로 가서 그림 연습이나 하라고 단호하게 말했다. 소녀는 화가에게 자화상 말고 자신을 그려 달라고 했다. "그럴 시간까지는 없다." 소녀는 자기 그림을 그려 주면 자신도 충실하게 그림을 그릴 것이며, 화가가 원하는 대로 하겠다고 했다. 끊임없이 방해받던 화가가 정말이냐고 되물었다. 소녀는 고개를 끄덕였다.

"그려 줄게. 대신 네 그림이 완성되는 대로 집으로 돌아가." 냉정하게 소녀를 주시하던 화가의 눈은 다시 자화상으로 향했다. 그는 말없이 그림을 이어 갔다. 화가에게 소녀는 작은 소란도 소요도 되지 못했다. 화가 뒤의 소녀는 얼굴을 붉히다 굳게 입술을 깨물었다. 그러다 세차게 솟아오르는 감정을 이기지 못해 화실을 뛰쳐나갔다. 여전히 화가는 무표정하고 창백했다. 소녀는 텅 빈 거실 문틀에 기댄 채 혼자서 눈물을 삼켰다. 현관문이 열렸다. 화가의 아내가 장을 보고 돌아와 소녀를 발견하고는 밝게 인사했다. 아내의 목소리에 소녀는 억눌렀던 감정을 한꺼번에 쏟아 냈다. 소녀는 아내의 가슴에 파묻혀 아이처럼 소리 내어 울었다. 아내는 등을 토닥였다.

"무슨 일 있니?" 아내가 다정하게 물었다. 그녀의 배려에 소녀의 격한 감정은 쉽게 사라졌다.

"선생님이 제 그림이 완성되면 부모님 집으로 돌아가래요." 소녀가 코를 훌쩍였다.

"그림은 관심도 없는 줄 알았는데 그래도 열심히 했나 보네?" 아내의 말에 소녀는 두 눈을 크게 떴다. 그리고 환한 미소를 되찾았다.

"맞아요! '제 그림이 완성되면'이 맞는 거죠!" 갑작스러운 소녀의 변화에 아내는 이해할 수 없다는 표정을 지었다. 소녀는 아내에게 저녁 준비를 돕겠다고 나섰다. 이내 아내는 소녀를 향해 미소 지었고 둘은 함께 요리했다. 화가는 저녁을 먹으라는 아내의 부름이 있기 전까지, 식사 후에는 밀린 숙제를 하듯 밤새 자화상을 그려 냈다. 그의 작업은 아침이 돼서야 끝났다. 화가는 깊게 호흡한 뒤 쥐고 있던 붓을 탁자 위에 올려놓았다. 그는 다시 한 번 거울 속의 자신을 바라보고는, 소파에 누워 깊은 잠에 빠졌다. 날이 밝았다. 소녀는 화실로 들어와 화가의 캔버스 앞에 앉았다. 그녀의 인기척에도 화가는 잠에서 깨지 않았다. 소녀의 눈에, 화가의 그림과 등 돌린 채 잠든 남자, 그리고 거울 속의 자신이 동시에 들어왔다. 무엇이 그토록 화가가 자신만을 사랑하게 만들었는지 거울 안에서 찾으려 했지만, 소녀는 찾을 수 없었다. 잠을 자던 화가가 몸을 뒤척였다. 소녀는 자리에서 일어나 화가에게 다가가 허리를 숙여 유심히 그를 바라봤다. 그러고는 팔을 뻗어 화가의 머리칼을 만지려 했다. 화가가 마른기침했다. 그리고 눈을 떴다. 둘은 눈을 마주쳤다. 소녀의 두 눈이 요농쳤다. 소녀는 아주머니가 아침 드시래요, 라는 말을 남기고 화실에서 도망쳐 나왔다. 소녀의 얼굴은 한참 동안 빨갛게 달아올랐다.

점심이 지났을 때 화실이 소란스러웠다. 부엌에 있던 화가의 아내와 소녀가 화실로 향했다. 화가가 끙끙거리며 거실로 소파를 옮기고 있었다.

"옮기는 것 좀 도와줘야겠어." 화가가 두 여자에

게 말했다.

"이건 왜 옮기는 거예요?" 아내의 질문에 화가는 소녀의 그림 때문이라고 말했다. 남편의 행동이 궁금했지만, 여느 때처럼 아내는 묻지 않았다. 셋은 집에서 햇빛이 가장 잘 드는 곳에 소파를 두었다. 화가가 둘에게 볼일 보라고 하자 아내는 부엌으로 가 집안일을 이어 갔다. 반면 소녀는 상기된 얼굴로 화가 근처를 배회했다. 화가는 소파 앞에 이젤 하나와 깨끗한 캔버스를 보기 좋게 놓았다. 그리고 화실 구석에 있던 오래된 나무 탁자를 꺼내와 유화 물감이 진득하게 들러붙은 팔레트와 붓을 올려 두었다. 소녀는 화가의 행동이 궁금했고 묻고 싶어 조바심 났다.

"여기에서 그리려고요?" 소녀가 손가락을 깨물며 물었다.

"응. 네 그림은 그래야만 할 것 같아." 화가는 주변을 두리번거리며 말했다.

"구아슈가 아니고 유화물감으로요?" 소녀가 이해할 수 없다는 표정을 지었다. 화가는 대답하지 않았다.

"거울은요? 스케치는요?" 소녀의 질문에 화가는 필요 없다고 말했다.

"부모님께는 다음 주에 돌아간다고 말씀드렸다." 화가의 말에 소녀는 또다시 울음이 터질 듯했다.

"아저씨가 제 그림이 완성되면, 이라고 했잖아요. 그리고 저를 봐서라도 최소한 정성스레 그려주셔야죠." 소녀의 말에 화가는 이전보다도 더 냉정하고 무심한 눈빛을 보였다. "네가 무슨 자격으로 이래라저래라 하는 거니?" 소녀의 얼굴이 빨갛게 달아올랐다. 그런 소녀의 모습에 화가는 한숨을 내쉬고는, 쥐고 있던 붓을 팔레트 위로 내던졌다. 그를 떠난 붓은 탁자 모서리를 맞고 바닥으로 튕겨 나갔다. 못마땅한 화가가 자리에서 일어나 거실 벽에 걸려 있던 외투를 집어 들었다. 화가가 문을 열자, 겨울바람이 실내로 밀려들었다. 그는 괘념치 않고 겨울 속으로 걸어 들어갔다. 화가가 사라지고, 바람의 힘을 얻은 나무문이 굉음을 내며 닫혔다. 그사이 화가를 바라보던 소녀는 폭풍보다 격렬

한 애증에 떠밀리고 있었다. 커다란 소음에 아내가 거실로 돌아왔다. "오늘은 유난히 춥네. 이 사람은 날씨가 이런데 어딜 간 거야. 몸도 안 좋은 사람이." 아내는 소녀에게 손짓했지만, 자신의 격정에 휩싸인 소녀는 아내의 손길을 무시했다. 전에 없이 추운 겨울이었다. 온기 틈으로 한기가 비집고 들어왔다. 집 안의 유일한 난로는 화가의 집을 데우기에는 역부족이었다. 온난했고 포근한 겨울이 대부분인 이곳에 제대로 된 난방 기구나 시설을 갖춘 곳은 찾기 어려웠다. 아내는 창가 근처에서 밖을 내다봤다. 하지만 창 위에 어지럽게 달라붙은 서리가 그녀의 시선을 방해했다. 밖을 내다보는 것을 포기한 아내는 두꺼운 가운을 입고 팔짱을 끼고 거실을 오갔다. 그녀의 호흡마다 하얀 공기가 쏟아져 나왔다. 아내의 손가락과 코끝이 빨개졌다. 서성이는 아내 옆에서 소녀는 굳게 입을 다문 채 보이지 않는 창밖만 뚫어져라 노려봤다.

밤이 낮을 차지했다. 화가는 여전히 돌아오지 않았다. 아내는 안절부절못했다. 소녀 역시 사라진 화가에 대한 증오는 줄어든 지 오래였고, 그 자리를 사랑과 걱정이 메우고 있었다. 소녀는 자신이 사랑했던 모습 그대로 화가가 나타나 주길 고대했다. 소녀가 거실의 아내에게 다가가 손을 잡았다. 아내는 걱정스러운 눈으로 소녀를 바라봤다. 그때 창밖으로 자동차 불빛이 비치더니 화가의 집 앞에 정차했다. 얼핏 차 문 여닫는 소리와 두 남자의 목소리가 들렸고, 이내 자동차는 엔진 소음을 남기고 떠났다. 현관문이 열렸다. 화가가 돌아왔다. 두 여자는 화가에게 달려가 그를 힘껏 껴안았다. 화가는 어리둥절했다. "걱정했잖아요. 어디에 있다가 온 거예요?" 아내가 말했다. 소녀는 화가의 얼굴을 바라보더니 참았던 눈물을 흘렸다. 하지만 화가는 태연했다. 몇 시간의 부재, 그를 염려하던 여자들을 비웃듯 화가의 입가에 어렴풋이 미소가 스쳤다. 화가는 따뜻한 물로 씻어야겠다고 말하고서는 거실을 거쳐 2층의 욕실을 향해 천천히 걸어 올라갔다. 그 뒤를 아내가 따랐다. 소녀에게 그들의 대화가 들렸다. "순찰하던 경찰을 만났는데, 그 사람이 나를 알아보고는 괜찮으면 같이 다니자고 해서 그렇게 했어. 자신도 미술을 전공했다고 하더라.” 남자는 한 걸음 한 걸음 어둠 속으로 깊이 스며들고 있었다. 소녀는 물끄러미 화가의 뒷모습을 바라봤다. 그 사이 그녀의 초조함은 공기 중으로 흩어졌다.

며칠 동안 이어졌던 힘겨운 추위가 사라지고 따듯한 겨울이 돌아왔다. 아내는 밀어 두었던 청소를 했다. 창을 활짝 열어 새로운 공기로 갈아 끼웠다. 마을 사람들은 창을 통해 동네 입구에 자리 잡은 화가의 집을 자연스럽게 엿볼 수 있었다. 아내는 뿌옇게 변한 창을 청소하며 행인과 인사했고 안부를 물었다. 화가는 환한 거실에서 약속한 대로 소녀를 모델 삼아 그림을 그렸다. 처음이었다. 화가가 직물 소파에 모델을 두고 그린 것도, 거실에서 그림을 그린 것도 이전에는 볼 수 없었던 광경이었다. 그런데도 아내는 남편에게 어느 것도 묻지 않았다. 청소를 마친 아내가 실내로 들어와 화가 뒤에 안락의자를 놓은 뒤 몸을 파묻고 뜨개질했다. “이번 추위에 마을 안쪽에 살던 할아버지 몇 분이 돌아가셨대요. 동백나무는 다 얼어 죽었지 뭐예요." 아내는 가슴 아파했다. "아까 어떤 남자가 당신을 꼭 만나고 싶어 했어요. 어찌나 고집스러운지, 조금 뚱뚱했는데 자기도 그림 그리는 사람이라고 하더라고요. 아는 사람은 아니죠?" 아내의 물음에 화가는 고개를 저었다. "다음에 약속하고 와달라고 해 뒀어요." 아내가 덧붙였다. 화가는 말없이 그림 그리는 것에 열중했다. 소녀는 미동도 하지 않았다. 그렇게 세 사람은 하루에 몇 시간씩 거실에 앉아 자신의 역할에 충실했다. 그들은 고립되었고 자신에게 침잠되었다. 화가는 거울 속의 자신을 바라보듯 소녀를 사려 깊고도 신중하게 바라보았다. 한동안 반복되고 누적되었다. 소녀는 화가의 눈빛을 깊게 자신의 마음에 빨아들였다. 결국, 그것은 소녀의 심연에 도달했다. 그녀는 화가의 눈길을 오독하고 말았다. 서투른 소녀는 화가 역시 자신을 사랑하고 있다고 확신했다. 몇 주가 지났다. 화가가 붓을 팔레트 위에 올려놓았다. 회기기 그게 숨을 내쉰 뒤 소녀에게 와서 그림을 보라고 했다.

한 번도 자신에게 그림을 보여 주지 않았던 화가였기에 소녀는 기쁨을 주체할 수 없었다. 미소 띤 얼굴을 한 소녀가 재빨리 소파에서 일어나 그림 뒤로 달려갔다. 소녀는 이 얼굴 없는 여인의 자태에서 관능과 교태를 느꼈다. 이후로 그녀는 노골적으로 표정과 몸짓으로 화가를 유혹했고, 뻔뻔하게 화가의 시선을 따라잡았다. 화가는 쉽사리 소녀의 의도를 알아차렸다. 스케치나 해서 부모님 집으로 돌려보내는 편이 나았을 거라는 생각이 들었지만, 최대한 서둘러 그림을 완성하기로 했다. 화가는 마음이 조급해졌다.

세찬 바람과 함께 추위가 엄습했다. 커다란 창은 다시 한번 불투명해졌고, 벽돌 틈을 비집고 들어온 한기가 집 안을 휘저었다. 이번에는 소파에 앉아 있던 소녀의 코끝이 빨갛게 얼었고, 호흡마다 하얀 김이 쏟아져 나왔다. 화가의 손은 무뎌졌다. 난로에 손을 가져다 대도 잠깐뿐 그의 손은 얼음을 뒤집어쓴 나뭇가지처럼 뻣뻣했다. 화가는 연신 입김을 불어 댔다. 하지만 새빨간 손가락은 화가의 마음대로 움직이지 않았다. 그리고 간헐적으로 재채기와도 같던 기침은 일정하게 그의 허파를 거쳐 목을 통해 터져 나왔다. "화실이 더 따뜻하잖아요. 이제 그만하고 여기서 옮겨요." 걱정스러운 표정의 아내가 화가에게 말했다. 그는 기침하며 팔을 휘저었다. 화가는 탁자를 딛고 일어서서 무슨 말을 하려 했지만, 그의 폐로부터 쏟아진 한순간의 포효가 그를 흔들었다. 화가는 중심을 잃고 말았다. 그로 인해 완성 직전이었던 자신의 캔버스는 엉망이 되어 버렸고, 결국 그가 쏟았던 시간을 무의미하게 만들었다. "왜 이토록 무리하는 거예요." 아내는 그를 일으켜 담요로 감싸 침실로 데려갔다. 아내는 주방의 난로를 가져와 그 위에 작은 물 주전자를 올려놓고 끓여 댔다. 주전자의 물은 증기가 되어 침실을 온기로 채웠다. 천천히 화가의 기침이 잦아들더니 이내 잠이 들었다. 아내는 소녀에게 의사를 모시고 올 테니 남편을 간호해 달라고 부탁했다. 소녀는 알겠다고 걱정스러운 목소리로 답했다. 소녀는 침대맡에 앉아 한참 동안 화가의 머리칼을 쓰다듬었다. 잠에서 깬 화가는 소녀를 아내로 착각했다. 그녀의 손을 잡아 입맞춤한 뒤 가슴 위에 올려 놓았다. 그리고 다시 눈을 감았다. 한 남자에게 몰두한 소녀는 난로 위의 주전자가 빨갛게 달아오르는 것도 모른 채 그저 화가 곁에 앉아 사랑에 빠진 시선으로 그를 바라봤다. 난로의 텅 빈 주전자가 달그락거렸다. 소녀의 불충을 틈타 침실로 한기가 스며들었다. 평온했던 화가의 호흡이 깨졌다. 침대 위의 남자는 몇 차례 기침하더니 가슴을 움켜쥔 채 침대 아래로 머리를 떨구었다. 그는 언뜻 붉은빛을 띤 침을 뱉어 냈다. 그러고는 겨우 몸을 일으켜 침대 머리에 등을 기대고 앉았다. 그가 눈을 감고 천천히 심호흡했다. 화가는 자신의 호흡이 안정되어 갈 즈음 눈을 떴다. 그 앞에는 아내 대신 소녀가 자신의 손을 붙잡고 있었다. 그는 분노에 가득 찬 눈으로 소녀의 손을 뿌리쳤다. 남자는 거친 호흡 중간중간 뭐 하는 짓이냐고 힘겹게 말했다. 화가의 검붉은 얼굴이 식은땀으로 범벅되었다. 소녀는 환자를 향한 자신의 헌신이 방금 뱉어 낸 오물보다도 못하다는 모욕을 느꼈다. 소녀는 침대에서 일어나 환자를 내려다봤다.

"이제 제가 사라졌으면 좋겠죠?" 소녀의 얼굴은 무표정했고, 화가는 기침으로 답을 대신했다. "제 부탁 하나만 들어주면 당장 내일이라도 나갈게요." 소녀가 통보하듯 말했다. 화가가 소녀를 쳐다봤다. "언제나 그랬듯 화실에서, 당신의 구아슈로, 제 누드를 그려 주세요. 당신의 그림은 구아슈로 완성되지 않으면 아무런 의미도 없어요." 소녀가 또박또박 말했다. "몇 번을 안 된다고 말해!" 화가가 기침 섞인 말로 답했다. "그러면 영원히 제가 여기 있길 바라는 걸로 생각해도 되나요?" 화가는 고개를 저으며 대답하려는 그때, 아내가 의사를 데리고 왔다. 소녀는 창을 향해 몸을 돌렸고, 화가는 눈을 감았다. 소란 뒤의 침묵이었기에 어느 때보다 고요했다. 의사는 세심하게 진찰하고는 폐렴약을 처방해 주었다. 그러면서 며칠간 따뜻한 곳에서 안정을 취하라는 말을 남기고 돌아갔다. 의사가 떠난 뒤에 화가는 그림을 그려야겠다고 억지를 부렸다.

하지만 아내의 만류와 독한 약이 그를 누그러뜨렸
다. 그사이 소녀는 부모에게 때가 되면 돌아가겠다
고 소식을 전했다. 그렇게 오래 걸리지는 않을 거
라는 말을 덧붙였다. 추위가 물러나자, 화가의 건
강도 차츰 나아졌다. 그 뒤로 한동안 평온한 일상
이 반복됐다. 건강을 회복하자마자 화가는 아내에
게 몇 정거장 떨어진 마을에서 붓과 물감을 사다
달라고 부탁했다. 아내는 종일 집을 비웠다. 그사
이 화가는 소녀의 요청 그대로 화실에서, 작은 캔
버스 위에, 구아슈로 소녀의 누드를 그렸다. 그렇
다고 소녀가 나체로 그 앞에 선 것은 아니었다. 화
가의 완강한 거부로 온전하게 옷을 입고 직물 소파
에 등을 기댄 채 화가에게서 눈을 떼지 않았다. 자
신을 봐 달라는 애타는 눈빛에 가까웠다. 하지만
화가는 단 한 번도 소녀를 바라보지 않았다. 거울
안의 자신을 바라보고 그린 자화상, 정확히는 알몸
의 자화상을 수백 장이나 그린 화가는 두꺼운 옷을
걸친 알몸의 피조물을 그려 냈다. "나는 네 덕분에
네가 없이도 너를 그릴 수 있게 됐다." 화가가 중얼

거렸다. 화가는 아내가 없는 단 몇 시간 만에 그림을 완성했다. 그는 마지막으로 우측 구석에 자신의 이니셜을 써넣은 뒤 불결한 붓을 탁자 위로 던졌다. 그러자 소녀는 무표정한 얼굴로 소파에서 일어나 화가 옆에 섰다. 화가는 왼쪽으로 몸을 돌려 거울을 마주 보고 앉았다. 소녀는 유심히 캔버스 위 그림을 봤다. 그 속에는 남자도 여자도 아닌, 화가도 소녀도 아닌 존재가 갇혀 있었다. 소녀에게 모멸감이 밀어닥쳤다. 그림을 마주한 소녀는 그 어느 때보다 끔찍하고 일그러진 얼굴을 한 채 절규하고 화가를 저주하며 집을 뛰쳐나갔다. 소녀가 사라지자, 화가는 한동안 자신의 그림을 멍하니 바라보다 하얀 종이로 덮어씌웠다. 얼마 되지 않아 아내가 돌아왔다. 돌아온 아내는 소녀의 행방을 물었고, 화가는 집으로 되돌아갔다고 답했다. 착한 아내는 작별 인사도 하지 못한 것이 마음에 걸렸고 몹시 아쉬웠다. 소녀가 떠난 뒤에도 화가는 알 수 없는 그림만 그렸다.

여느 때와 다름없던 겨울 아침, 한 남자가 현관

문을 강하게 두드리며 화가의 이름을 불렀다. 격앙된 남자의 목소리가 화가의 집으로 날카롭게 파고들었다. 집 안에서 누구도 그 부름에 응답하지 않자, 문밖의 목소리가 조용해졌다. 2층에서 내려온 아내가 문을 열고 뒤늦게 허공에 답했다. 자욱한 안개에 숨어 있던 남자가 불쑥 나타났다. "숨어 버린 줄로만 알았는데 아니었군." 형사는 아내의 얼굴에 서류를 들이밀며 무작정 안으로 들어왔다. 아내는 형사에게 남편을 찾는 이유를 물었지만, 형사는 대답하지 않고 집 안을 탐색했다. 형사의 발걸음은 거실에서 화실로 이어졌다. 아내가 그를 뒤따랐다. 형사의 구두가 거만하게 나무 바닥을 두드렸다. 그러다 화가의 그림 앞에서 멈추었다. 그는 허리를 구부려 그림에 얼굴을 들이민 뒤 누드화의 선을 따라 움직였다. 형사의 미간이 찌푸려졌다. 그리고 알 수 없는 신음을 냈다. 그는 아내에게 화가가 어디에 있냐고 물었다. 그녀는 밤새 그림을 그리느라 아직 침실에 있다고 말했다. 형사가 이젤 위에 얹혀 있던 화가의 그림을 집어 들었다. 아내는 그의 행동을 힐난했지만 형사는 무신경했다. 그는 왼손으로 캔버스를 쥔 채 흙 범벅이 된 구두로 나무 계단을 밟으며 2층으로 걸어 올라갔다. 아내는 형사의 행동이 용납되지 않았다. 당장 집에서 나갈 것을 정중하게 요청했다. 여자의 목소리에 형사는 발걸음을 멈추고 고개만 돌린 뒤 무표정하게 한쪽 입꼬리를 올렸다. 섬뜩한 기류가 아내를 둘러쌌다. 오싹했다. 그녀가 한발 물러나자, 형사는 다시 앞으로 고개를 돌렸다. 그러고는 눈앞에 보이는 문을 모조리 열어 보기 시작했다. 그는 창고 속에 숨어든 쥐를 찾고 있었다. 화가의 집은 소란과 동시에 긴장 속에 빠졌다. 여자는 유명한 화가의 아내이자 이 집의 안주인으로서 형사의 용납되지 않는 무례함에 그를 추방하려 했다. 하지만 뻔뻔하고도 거친 탐문을 멈출 수 없었다. 그저 그가 그만두기를, 건조한 공기를 마시며 초조하게 따라다녔다. 형사는 화가의 이름을 부르며 문을 여닫았다. 어느덧 복도 끝에 다다랐다. 이제 그의 눈앞에는 마지막 방만이 남았다. 형사가 두리번거리며 걸어온 복도를 훑어봤다. 그때 마지막 방 안에서 남자의 기침 소리가 들렸다. 문 앞에 선 형사의 얼굴에서 야릇한 표정이 번졌다. 형사는 재빨리 방문을 밀어젖혔다. 두꺼운 회색 가운을 걸치고 있던 화가는 나무 바닥에 웅크린 채 힘겹게 숨 쉬고 있었다. 형사는 쥐고 있던 그림을 문틀 옆에 기대어 놓은 뒤 천천히 화가에게 다가가 몸을 구부렸다. 화가는 찡그린 눈으로 자기 앞의 사람을 응시했지만, 누구인지 알아채지 못했다. 형사는 짧게 숨을 내쉰 뒤 화가 앞에 쪼그려 앉아 병든 그의 팔을 낚아채 수갑을 채웠다. 그러고는 쇠약한 범죄자를 잡아끌어 집 밖으로 나왔다. 그의 행동에 아내는 놀란 표정을 감출 수 없었다. 그저 그녀는 눈물을 흘리며 끌려가는 남편을 뒤따라야 했다. 한편 화가의 집 근처, 한파에 푸른빛을 잃어버린 갈색의 동백나무 숲 아래 있던 한 남자가 그들을 주시했다. 형사는 그 남자를 의식하듯, 혹은 약속이나 된 듯, 숲을 향해 고갯짓했다. 그때마다 남자는 그들의 모습을 카메라에 담았다. 이윽고 형사가 자신의 차에 화가를 태웠다. 두 남자를 태운 자동차가 안개 속으로 사라지자 문 앞에 서 있던 아내는 실신하고 말았다. 숲속에 숨어 있던 남자가 다급하게 여자에게 달려왔다. 남자가 쓰러진 여자를 깨웠지만, 그녀는 일어나지 않았다. 어쩔 수 없이 남자는 구급차를 부른 뒤 구조 신호음이 들릴 때쯤 도망치듯 화가의 집을 떠났다. 이송되던 여자는 구급차 안에서 깨어났다. 그녀는 곧장 차에서 내려 변호사에게 달려갔다.

화가가 구치소에 도착하고 몇 시간 지나지 않아 재판이 시작됐다. 재판에는 피고인 화가, 변호사, 검사 그리고 증인으로 화가의 아내, 소녀, 소녀의 엄마가 참석했다. 검사는 유명인인 화가가 지켜야 할 사회적 책무를 저버린 채 자신의 유명세로 판단력이 없는 미성년자를 유인, 입에 담지 못할 간악할 범죄를 저질렀다고 주장했다. 그러면서 경찰이 수색 당시 확보한 얼굴 없는 여자의 나체 그림을 증거로 제출했다 피고인석이 화가는 지 그림은 소녀가 떠난 뒤에 그린 것이며 누구의 것도 아니라고 반박했다. 그리고 그는 검사의 말은 터무니없는 헛소리라고 소리쳤다. 재판장은 화가에게 정숙하라고 말했다. 변호사가 화가의 팔을 잡아당겼다. 피고인은 마지못해 자신의 의자에 앉았다. 곧바로 검사는 소녀를 증인으로 내세워 소녀에게 그림을 그렸던 당시의 상황을 설명해 달라고 요청했다. 증인석의 소녀는 그림을 보며 눈물을 흘렸다. 격앙되었던 감정이 잦아들자, 그녀는 검사를 보며 자신이 그림의 모델이 맞다고 했다. 그림이 완성되지 못한 것은 얼굴을 그리기 전날 밤 자신의 침실로 숨어들어 몸을 탐닉하려 했던 화가로부터 달아났기 때문이라고 덧붙였다. 소녀의 증언에 화가는 의자를 박차고 일어나 감정을 쏟아 냈다. 판사는 화가에게 다시 한번 소란을 피운다면 법정 모독으로 구속하겠다고 엄중하게 경고했다. 화가는 다시 침묵해야 했다. 피고인석의 남자는, 소녀의 긴 증언이 끝날 때까지, 굳게 입을 닫은 채 한 손으로는 이마를 가리고 다른 한 손은 손톱이 새하얗게 변할 정도로 책상을 긁어 댔다. 소녀의 증언이 끝났다. 변호인이 화가의 아내를 증인으로 세웠다. 아내는 자신이 보았던 것, 화가의 건강 그리고 소녀에게 해 주었던 자신의 배려를 감정적으로 호소했다. 마지막으로 검사는 소녀의 엄마를 증인으로 세웠다. 소녀의 엄마가 사건에 대해 아는 것이라고는 오랫동안 화가의 집에서 자신의 딸이 지냈다는 사실과 돌아왔다는 것뿐이었다. 하지만 화가가 경찰의 조사 요청을 외면하는 동안 소녀가 엄마에게 해 준 말은 엄마의 기억 속에 사실로 자리 잡았고 진실이 되었다. 소녀와 소녀의 엄마가 한 진술은 일관적이었고 다름이 없었다. 그 과정에서 화가의 감정이 또다시 요동쳤다. 세 번의 증언이 끝난 뒤에도 검사와 변호사는 공방을 지속했다. 법정의 지루한 공기를 밀어낸 건 화가였다. 재판 내내 양손으로 얼굴을 가리고 흐느끼던 피고는 울음을 멈추고는 천천히 자리에서 일어나 법정을 향해 포효했다. 예상치 못한 피고의 행동에 법정 안의 사람들은 당혹감을 감추지 못했다. 판사는 단호하게 화가를 저지했지만, 피고의 호소는 더욱 커졌다. 판사는 곧장 경위를 호출해 화가를 퇴정시켰다. 피고가 법정을 떠나자, 판사는 검사와 변호사를 자신 앞으로 불러 모았다. 판사는 둘에게 화가의 행동이 법정 모독임을 주지시켰다. 그리고 내일 선고하겠다고 말한 뒤 휴정했다. 재판이 끝나고 법정 문이 열렸다. 형사가 뒤늦게 법정에 도착했을 때 재판에 참여했던 사람들은 돌아가고 없었다. 형사는 법정을 거쳐 복도로 나왔다. 그에게 복도 끝의 남자가 다가왔다. 형사는 재킷 안주머니에서 메모지를 꺼내 남자에게 건넸다. 형사가 남자에게 보도 일자를 물었다. 남자는 몇 시간 뒤 호외로 발행될 거라고 답했다. 남자는 형사에게 내일도 잘 부탁한다고 말한 뒤 밖으로 나갔다.

절망한 화가는 회색 벽 한곳에 시선을 고정했다. 피고가 머리카락을 쥐고 있던 오른손을 벽에 가져다 댔다. 그의 손바닥이 냉기를 빨아들였다. 차갑게 피부를 자극하던 한기가 천천히 화가의 내부로, 뼛속으로 스며들어 고통으로 치환되어 갔다. 화가는 지금의 자신을 만들어 줬던 불필요한 오른손을 잘라 내고 싶었다. 그는 벽에서 손을 떼고 창살을 향해 몸을 돌렸다. 그리고 주위를 둘러봤다. 적막한 구치소는 어느 것도 허락하지 않은 채 화가를 둘러싸고 있었다. 수감된 남자가 왼손으로 차가운 오른손 팔목을 잡고 천장을 바라봤다. 머리 위 백열등이 화가를 비추었다. 빤히 전구를 응시하던 화가의 어깨가 들썩였다. 화가는 울고 있었다. 버림받은 남자가 팔목을 쥐어짜듯 붙들고 자신을 향해 눈물을 흘렸다. 그러다 화가의 내면에 갑작스레 어떤 욕구가 치밀었다. 구치소 안의 화가는 자신이 보고 싶었다. 절망에 휩싸인 얼굴을 그리고 싶었다. 이제껏 단 한 번도 마주하지 못했던 자신의 낙담과 좌절과 실망한 그 모습을 확인하고 싶은 충동이 불처럼 번졌다. 화가는 낡은 나무 스툴에서 일어나 철창을 잡고 소리쳤다. 화가는 있는 힘껏, 여러 차례 창살 밖의 누군가를 불렀지만, 허공을 타고 들리는 것은 자신의 메아리뿐이었다. 타인에 의한 비자발적 고립은 불붙었던 화가의 감정을 빠르게 냉각시켰다. 낙담한 죄수는 창살을 등지고 몇 걸음 걸어 더러운 침대에 쓰러졌다. 그리고 몇 차레 짧게 기침한 뒤 잠이 들었다. 얼마 지나지 않아 화가를 깨운 사람은 형사였다. 화가와 같은 차를 타고 산책을 했던 사람이자 연행한 자였다. 형사를 발견한 화가는 침대에서 일어나 창살 가까이 다가갔다. 화가는 자신에게 의도적으로 접근했던 형사를 비난했다. 형사는 웃으며 흥분하지 말라고 했다. 그러고는 의자를 끌어와 철창 앞에 앉았다. 형사가 담배를 꺼내 불을 붙였다. 연기를 내뿜자, 화가는 쉴 새 없이 기침했다. 하지만 형사는 신경 쓰지 않고 남은 담배를 마저 피운 뒤 화가에게 꽁초를 튕겼다. 날아간 꽁초는 화가를 지나쳐 구치소의 벽을 튕겨 나와 콘크리트 바닥 위의 한기를 머금고 꺼졌다. 화가는 미약한 불빛에 잠시 시선을 고정하다 눈을 감고 숨을 내쉬었다. 피고가 고개를 돌려 태연한 얼굴로 형사를 봤다.

"경관님, 미술 전공하셨다고 했었는데 맞습니까?" 화가가 정중하게 물었다. 거만한 형사는 온몸을 부풀린 풍선처럼 의자에 걸터앉아 고개를 끄덕였다. "그림을 그리고 싶습니다." "쓸데없는 소리하지 마시오." 경관이 다시 담배를 꺼내 물었다.

"경관님 자화상을 그려 드리겠습니다." 화가가 왼손 검지로 오른손바닥을 긁어 댔다. 형사는 화가의 제안이 솔깃했다. 누구보다도 화가의 그림이 가진 가치를 알고 있었다. 기어코 비집고 들어온 화가의 말이 형사의 내면에 균열을 냈다. 둘의 처지가 뒤바뀌었다. 담배에 불을 붙이려던 형사가 담배를 갑에 다시 집어넣고는 자세를 고쳐 앉았다. 화가에게 필요한 것을 말하라고 했다. 화가는 가능한 한 빨리 거울 하나, 캔버스와 구아슈를 구해 오라고 했다. 형사는 난처한 표정을 지으며 그런 건 당장 구하기 어렵다고 답했다. 대신 자신의 사무실에서 괜찮은 종이와 콩테가 있으니 그거라도 괜찮다면 가져다주겠다고 말했다. 화가는 잠시 주저하다 그거라도 좋다고 했다. 형사의 얼굴이 밝아졌다. "거울은 자해 때문에 불가합니다." 경관은 재빨리 자리에서 일어나 철문을 열고 나갔다.

형사가 사라지고 난 자리를 변호사가 차지했다. 변호사는 검사와 재판 이야기를 하느라 늦었다고 말한 뒤 사과했다. 화가는 재판 결과가 어떻게 될지 물었다. 변호사는 좋은 결과가 나오도록 노력해 보겠다고 했다. 화가의 표정이 어두워졌다. 화가가 오른손으로 가슴을 문지르다 이내 기침을 했다. 오른손으로 입을 가렸지만 한번 시작된 기침은 멈추지 않았다. 변호사의 눈이 휘둥그레져 교도관을 찾았지만 아무도 없었다. 화가는 기침하며 어찌할 바 모르는 변호사를 진정시켰다. 변호사가 다시 의자에 앉았다. 잠시 뒤 그칠 것 같지 않았던 화가의 소란이 멈추었다. 변호사는 언제부터 기침했냐고 물었다. 화가는 연행될 때의 상황을 설명했다. 변호사는 재차 형사가 화가의 죄목과 권리를 알렸는지 물었다. 화가는 어떤 이야기도 듣지 못했다고 답하면서 당시에 아내가 옆에 있었으니, 그녀에게 확인해 보라고 말했다. 변호사는 그러겠다고 말한 뒤 화가의 말이 사실이라면 이 사건으로 유죄 받는 일은 없을 거라고 자신했다. 변호사는 자리에서 일어나 교도관을 불러주겠다고 말하고는 구치소를 나갔다.

독방의 화가에게 형사가 돌아왔다. 그의 손에는 종이 두 장과 신문 한 부가 들려 있었다. 형사는 창살 사이로 흰 종이와 반쯤 남은 콩테 한 자루를 건넸다.

"화가님, 이게 뭔지 아십니까?" 형사는 왼손으로 신문을 들어 보였다. 화가가 힐끗 그의 손을 봤다.

"화가님 재판 뉴스입니다." 형사의 말에 화가는 그림 그리는 것을 그쳤다.

"뭐라고 쓰여 있나요?" 화가가 무릎 위의 종이를 보며 물었다. 형사가 신문을 읽었다.

"최근 유명 화가 E씨가 미성년자 성범죄 혐의로 피소되었다. E씨는 미성년자 납치, 음란물 제작 및 유포, 성추행 및 성폭행 혐의로 수사를 받게 돼 여파가 상당할 전망이다. 경찰은 화가의 집에서 다수의 증거를 확보, 법원에 제출한 상태다. 반성하지 않는 E씨의 태도로 인해 피해자 B양은 재판장에서 눈물을 보이기도 했다. 필자는 피의자와 피해자가 한 공간에서 마주하는 것이 얼마나 비인간적이며, 피해자의 인권은 고려하지 않은 채 고통을 가중하는 것은 아닌지 심히 우려된다. 한편 재판 과정에서 자신의 혐의를 부인한 피의자가 법정을 모독하는 등의 부적절한 행태를 보여 재판 중 퇴정당했다. 법원은 오만한 피의자의……."

화가는 떨리는 목소리로 경관에게 그만하도록 부탁했다.

"기자들은 참 재미있어. 몇 줄 되지도 않는 내용으로 잘도 썼군." 형사가 신문을 접으며 중얼거렸다.

"경관님, 제 얼굴이 어떻게 보이시나요?" 화가가 고개를 들어 형사를 바라봤다. 어둡고 깊은 화가의 눈은 갈피를 잡지 못했다. 형사는 신문을 말아 왼쪽 겨드랑이 사이에 넣고 팔짱을 꼈다. 오른손으로 턱수염을 문지르며 구치소 안의 남자를 유심히 관찰했다. 그러고는 조심스럽게 입을 열었다. "쿠르베의 자화상이 제 앞에 있는 것처럼 느껴집니다." 화가는 그렇군요, 라는 짧은 대답을 한 뒤 그림을 이어 갔다. 그림은 뒤틀려 갔다. 하얀 종이 위의 정장을 입은 형사는 침울해 보였고, 초점 없는 눈은 누구도 바라보고 있지 않았다. 그늘에 뒤덮인 까만 이마는 얼굴을 절반이나 차지하고 있었으며, 머리카락만큼이나 까만 입술은 반쯤 벌어져 그림을 보고 있는 누구라도 그림의 주인공이 살아 있을까 의문을 품을 정도였다. 화가는 무작정 자화상의 외투를 까맣게 덧칠했다. 그러다 화가에게 하나의 의문이 생겼다. 화가는 그림 그리는 것을 멈추고 그림을 바라봤다.

'얼굴이 그 사람일까, 몸이 그 사람일까. 아내는 내 발소리만 들어도 나인 걸 알고 있었고, 멀리서 걸어오는 모습만 보고도 나인 줄 알았지.' 냉담한 구치소의 공기 속으로 화가의 침묵과 갑작스럽게 미동도 하지 않는 화가를 바라보던 형사의 당혹감이 흩뿌려졌다. 화가는 침잠했다. 하지만 고요함을 견딜 수 없었던 형사가 정적을 깼다. 그 신호에 화가는 그리던 종이를 찢어 바닥에 버렸다. 그러고는 자리에서 일어나 작은 테이블에 놓아둔 백지를 가져와 얼굴 없는 남자의 상체를 그렸다. 놀란 형사는 그저 창살 안의 예술가를 바라볼 수밖에 없었다. 화가가 입을 열었다.

"날 그리고 싶어서 당신의 입을 빌렸는데 단 한 번도 보지 못한 내 얼굴을, 그 표정을 그릴 수는 없어요. 그게 나인지, 내가 될 수 있는지 모르겠습니다. 평생 봤던 내 몸만으로도 충분하겠죠." 화가는 빠르게 그림을 그린 뒤 미완성의 작품을 경관에게 보여 주었다. 형사가 창살 가까이 다가와 그림을 주시했다.

"당신은 보나르가 되었군."

"그런가요? 보나르는 사랑을 그렸죠. 평생 내가 단 한 번도 그리지 않은 것이 뭔지 아십니까?" 경관이 고개를 저었다.

"아내요. 아내를 그리고 싶은데…… 어떻게 된 건지 얼굴이 생각나지 않아요." 화가가 한숨을 쉬었다.

"개인적으로 나는 당신이 무죄였으면 좋겠소." 형사의 말에 화가는 웃었다.

"하지만 사람들은 당신이 처벌받길 원할 거요." 형사가 다시 담배를 꺼내 손가락에 끼웠다. 그는 비열한 눈빛을 가득 채워 넣은 눈으로 화가를 바라봤다.

"당신은 언제나 사람들에게서 환대받고 웃는 얼굴만을 마주하지. 하지만 당신이 무너지기만을 기다리는 사람도 많아. 그리고 그 사람들 대부분 일상이 따분해 미칠 지경이야."

"난 그들에게 잘못한 게 없어요." 화가가 말했다.

"그런 건 상관없소. 운 나쁘게 이번에 당신이 걸려든 것뿐이야. 그들이 당신을 우상으로 만들었지만, 그들의 단두대 역시 항상 당신을 따라다니지." 화가는 침묵했다. 그리고 대화는 중단되었다. 지루한 틈을 이용해 형사가 담배에 불을 붙였다. 형사가 내뿜은 담배 연기가 화가의 수변으로 맴돌았다.

"재판 결과가 어찌 되든 당신에게 치욕감을 주기만 해도 충분하다고 했어." 화가가 떨리는 목소리로 그 말을 한 사람이 누구냐고 물었다.

"그 여자애!" 형사의 짧은 대답 뒤에 화가의 떨림은 목소리에서 손가락 그리고 온몸으로 퍼져 나갔다.

"그만 가 주시겠습니까?" 다시 대화가 끊겼다.

형사는 창살 틈으로 물끄러미 화가를 바라봤다.

"그림은 가져가야지." 형사의 얼굴에 야비한 웃음이 번졌다. 화가는 구치소 바닥을 향해 절규했다. 한 번도 경험하지 못한 무력함이 화가의 내면을 지배했고, 그것에 대응할 방법이라고는 그저 허공에 자신을 쏟아 내는 것뿐이었다. 화가의 메마른 목소리가 작은 공간을 채우다, 이내 화가에게 돌아와 슬픔이 되었다. 화가는 차가운 바닥에 무릎을 꿇고 울었다. 그런데도 화가는 손바닥 위에 자신을 그린 얼굴 없는 남자의 작은 초상화를 지켜 내고 있었다. 화가가 의자에 앉아 콩테를 쥐었다. 화가의 눈은 회한으로 가득 찼고, 때때로 그것이 뺨 위로 흘러내리기도 했다. 화가는 울음을 삼키고 눈물을 닦았다. 화가가 다시 평정을 찾는 데는 오랜 시간이 걸렸다. 화가는 형사에게 자신에게 이렇게까지 구는 이유를 물었다. 화가의 질문에 형사는 이게 본인의 일이라고 했다. 그러면서 화가 같은 위대한 예술가에게 티끌은 균열의 시작이자, 어느 것으로도 지워 낼 수 없는 얼룩이 될 것이라고 했다.

화가는 자신이 처벌받기를 원하냐고 물었다. 형사는 사형받고 신이 되는 편을 선택하라고 말했다. 본인은 고결한 화가가 좋다고 답했다. 형사의 마지막 말에 마침내 살얼음과도 같았던 화가의 평정이 산산이 부서졌다.

“말도 안 되는 소리 하지 마!” 화가의 순수한 분노가 형사에게 쏟아졌다. 화가는 자화상과 쥐고 있던 콩테를 철창 밖으로 집어 던졌다. 콩테는 조약돌 같은 소리를 내며 벽에 부딪쳐 떨어졌고, 쇠창살 틈을 비집고 나간 종이는 구치소의 냉기를 유영하며 구석으로 숨어들었다. 형사가 구둣발로 담배를 비벼 껐다. 그는 자리에서 일어나 바닥에 떨어져 있는 그림을 주워 바라봤다. “역시 훌륭하군요. 아주 마음에 듭니다.” 화가는 구치소 벽을 향해 몸을 돌렸다. 형사는 그의 등에 대고 구치소의 첫날을 즐기라고 말했다. 조명 아래 화가는 머리를 부여잡았다. 철문 앞의 형사는 동그랗게 말린 조그마한 화가를 바라본 뒤 문을 닫고 나갔다. 밖은 저녁이 지나고 밤이 되었다. 화가는 잠을 청했지만 밤새 끊임없이 이어진 기침이 화가의 잠을 도둑질해 갔다. 그는 작은 창틈으로 아침 햇살이 스며들 때에야 비로소 잠들 수 있었다. 오전, 판사가 재판을 재개했다. 마지막으로 검찰과 변호사 그리고 피고인의 의견을 수렴하고자 했다. 변호사는 화가의 아내를 증인으로 요청해 증인석에 세웠다. 변호사는 아내에게 화가의 연행 상황을 상세히 설명할 것을 요청했고, 아내는 자신이 기억하는 모든 것을 해석하여 증언했다. 이를 근거로 변호사는 적법한 절차에 따르지 않고 수집된 증거는 무효이고, 증인 간 증언은 상반되므로 피고는 무죄가 합당한 결정임을 주장했다. 검사가 문 앞에 서 있던 형사에게 무언의 메시지를 보냈다. 형사는 얼굴을 찡그리며 한 손으로 관자놀이를 눌렀다. 판사는 몇 가지를 확인한 뒤 판결했다. 그는 의심할 여지가 없을 정도의 증명에 이르지 못했다면, 피고인에게 유리하게 판단할 수밖에 없다고 했다. 더불어 검사가 내세운 증거는 인정되지 않는다고 했다. 다만, 저명한 화가의 그림은 사회적 영향력이 상당한바, 본 법정에서 소각하여 추후 피고를 비롯한 예술가들이 본인의 역량을 펼치는 데 있어 최소한의 자체 검열이 필요함을 보여 주는 본보기로 삼겠다고 덧붙였다. 선고를 위해 판사는 피고를 자리에서 일으켜 세웠다. 피고는 양손으로 몸을 지탱하며 선고를 기다렸다. 판사는 다음과 같이 선고했다.

"피고인은 법정의 존엄을 훼손하였으므로, 구류 3일에 처한다."

법정에 서로 다른 의미의 탄식이 울려 퍼졌다. 판사는 선고 후 곧장 그림을 소각하도록 명령했다. 경위는 판사의 지시에 따라 법정으로 소각로를 가져와 화가의 그림에 불을 붙였다. 누구의 것도 아닌 자화상이었지만 차마 그것이 실제로 태워질 거라고 화가는 예상하지 못했다. 그는 고개를 떨굴 수밖에 없었다. 하지만 가혹하게도 그에게 비틀거리는 불빛의 잔영이 보였고, 뜨거운 열에 신음하는 나무 프레임과 종이의 잔재가 들렸으며 화가의 콧

속으로 파고드는 영혼의 향기가 느껴졌다. 화가는 무엇인가가 자신의 안팎에서 사그라들고 전락하고 있음을 지켜봐야만 했다. 그리고 그는 구치소에 수감되었다. 재판에 참여했던 사람 역시 모두 돌아갔다. 저녁이 되었을 때 형사를 통해 두 번째 호외가 화가의 손으로 들어왔다.

금일 피의자를 구류 3일 형에 처했다. 검찰이 제기한 혐의 중 성추행 일부만이 인용되는 안타까운 선고가 이루어졌다. 선고 후 피고인은 자신의 죄를 인정하지 않은 채 법정을 모독했다. 구류 3일은 노상 방뇨와 같은 수준의 선고이다. 피고인은 소녀의 인권을 유린하였음에도 법원은 중범죄자를 다시 사회에 돌려보내려 하고 있다. 이는 저명한 예술가에게 주는 혜택으로 법원이 변호인과 사전에 결탁한 것은 아닌지 중대하게 파헤쳐 볼 필요가 있다. 다만, 증거로 수집된 그림을 불태운 것은 우리 사회에 경각심을 주는 결정이자 법 앞에서는 만인이 평등하다는 것을 보여 준 현명한 판결이다.

화가는 신문을 우그렸다. 수감자는 손에 신문을 쥔 채 좁은 구치소를 오가며 고함쳤다. 화가의 생각은 절망에서 분노로, 분노에서 법원의 결정을 인정하는 타협으로, 결국엔 슬픔과 함께 자신에 대한 연민 그리고 이틀 뒤에는 집으로 돌아가 그림을 그릴 수 있게 된다는 희망으로 변모해 갔다. 그는 차가운 구치소 침대에 누웠다. 밤과 함께 그의 거친 숨소리가 회귀했다. 해가 떠도 그의 기침은 그치지 않았다. 구류 3일째, 화가는 침대에 누워 고스란히 하루를 보냈다. 온종일 노여움과 원망과 기대가 번갈아 가며 마지막 남은 구치소의 낮과 밤을 채웠다. 자정이 되었다. 교도관이 철창 안으로 들어와 화가를 부축해 구치소 밖으로 나갔다. 화가의 아내는 구치소 앞에서 화가를 기다리다 철문 밖으로 나온 남편을 부둥켜안고 울었다. 가로등 조명이 닿지 않는 곳에 숨어 있던 남자는 며칠 전과 마찬가지로 화가의 모습을 카메라에 담았다. 그는 화가가 집으로 돌이기지, 자신도 그곳을 띠났다. 그닐 아침 교도관이 부축해 걸어 나오는 화가의 모습을 담은 사진과 함께 하나의 헤드라인이 신문 전면을 차지했다.

'사회로 돌아오는 강력 범죄자와 그를 지탱해 주는
공권력'

화가의 아내는 남편을 돌보느라 여념이 없었다.
화가의 침실을 데우고, 화가의 몸을 감쌌지만, 남
편의 병세는 나아지지 않았다. 아내는 의사의 약이
필요했다. 아내는 거실로 내려가 의사에게 전화를
걸었다. 하지만 조급한 아내의 기대와는 달리 무심
한 전화기는 연결음도 들리지 않았다. 아내는 어쩔
수 없이 남편에게 의사를 데려오겠다고 말한 뒤 자
동차를 타고 집을 떠났다. 빈집에 홀로 남겨진 화
가는 침대에 누워 따뜻한 겨울을, 그 이전에 아내
와 그녀가 데려올 의사를 기다리는 것뿐이었다. 그
러나 가혹한 겨울은 이미 그의 곁에 있었다. 화가
의 몸이 휘청거렸다. 자기 몸에 대한 통제권을 잃
어버린 화가는 위태로움 직전이었다. 침대 위의 화
가는 몸 깊숙한 곳으로부터 응축된 무엇인가가 올

라오고 있음을 느꼈다. 화가가 지친 몸을 일으켜 앉았다. 그리고 그것을 억누르기 위해 애썼지만, 그의 분투에도 움직임은 멈추지 않았다. 화가가 몇 차례 심호흡하다 멈추었다. 어느덧 화가 안의 그것은 위장을 거쳐 식도에 다다른 뒤 울컥거림과 함께 마침내 붉은 핏덩어리가 되어 화가의 입으로 터져 나왔다. 새하얀 침대는 온통 화가의 피로 범벅됐다. 그 뒤로 몇 차례 화가는 피를 쏟아 냈다. 화가의 아내가 의사와 함께 돌아왔을 때 화가는 침실 구석에 처박혀 있었다.

며칠 사이 수십 년 만에 내린 눈으로 온 마을은 순백으로 변했다. 그리고 눈과 동행한 죽음의 계절이 마을로 퍼져 나갔다. 몇몇은 미끄러운 길 위로 넘어져 팔다리가 부러졌고, 혹독한 추위에 아이와 노인이 동사했다. 일 년 내내 푸르렀던 동백나무는 죽음을 삼킨 숲으로 전락했고, 굴파기올빼미는 깃털 하나 남기지 않고 사라졌다. 그러자 마을에는 기묘한 기류가 흘렀다. 화가의 집 앞으로 마을 사람이 하나둘 모여들기 시작했다. 그들은 누군가를 갖가지 사건과 문제의 근원으로 삼고 싶어 했는데, 공교롭게도 화가는 스스로 악의 씨앗을 뿌린 꼴이 되었다. 그렇기에 마을 사람들은 반드시 그 추악한 화가를 끌어내야만 했다. 조금씩, 조금씩 마을 사람들이 모여들더니, 어느덧 마을 사람 전체가 화가의 집으로 운집했다. 무리에서 털모자를 쓴 키가 작고 뚱뚱한 남자가 앞으로 나와 사람들을 향해 말했다. "저주받은 남자가 평온했던 마을에 온 이후로 안락함은 우리에게 어울리는 말이 아니었습니다. 그는 한 가족을 농락했습니다. 그렇다고 법원이 그를 제대로 단죄한 것도 아닙니다. 우리는 가없은 작은 아이가 지옥 속에 살고 있었음에도 그를 방관했습니다. 하늘은 관조자에게 형벌을 내리기로 했습니다. 우리의 친구가 다치고 아이와 부모가 죽어 가고 있습니다. 숲이 죽었고 한낮의 올빼미는 사라졌습니다. 이제 우리는 같은 실수를 반복해서는 안 됩니다. 법원이 할 수 없다면 우리가, 다 함께 화가를 단죄해야 합니다." 뚱뚱한 남자의 연설은 마을 사람들의 마음을 움직였고 그들은 암묵적으로 동의했다. 누군가가 화가의 그림을 태우자고 외쳤다. 한 번도 경험하지 못한 추위를 견디기 위한 방책이자 화가의 영혼을 말살하는 탁월한 결정이기도 했다. 많은 사람이 동조했다. 마을 사람들은 집회 장소에서 하나둘 자리를 이탈하더니 얼마 지나지 않아 화가의 그림을 가지고 되돌아왔다. 처음 화가가 마을에 왔을 때 선물로 주었던 마을 사람들의 자화상, 아름다운 미소를 가지고 화가를 환대하던 사람들의 모습이 담긴 그 자화상 수십 점이 눈이 뒤섞인 흙바닥에 아무렇게나 버려졌다. 그리고 화가가 사랑했던 카페와 술집에 걸려 있던 커다란 풍경화, 아이에게 웃으며 건넸던 스케치, 갖가지 그림이 그 위로 포개졌다. 다시 눈이 내렸다. 버려진 캔버스 위로 쌓인 눈이 그림을 어지럽히고 더럽혔다. "태워라!" 군중 속의 누군가 소리쳤다. 그 소리를 들은 다른 누군가, 또 다른 누군가 그리고 모든 사람이 흰 눈을 맞으며 그림을 태우라고 목청껏 소리쳤다. 그러면서 그들은 웃었다. 뚱뚱한 남자가 그림 위에 기름을 부었다. 그리고 바닥에서 화가의 스케치 한 장을 주워 불을 붙였다. 불씨를 시작으로 화가의 그림은 화가의 집보다 높은 불덩이가 되었다. 사람들은 환호하다 추위에 못 이겨 불 주변으로 모여들었다. 흙탕물을 밟고 서 있는 사람들의 얼굴에 박힌 눈은 결국 영혼을 잃은 유리알이 되어버렸다. 저녁이 되어서도 하얀 눈은 그치지 않고 내려 불을 잠재우려 했다. 그렇게 빛은 천천히 꺼져 갔다. 다시 마을 사람들에게 추위가 엄습했다. 그러자 사람들은 그림이 완전한 재가 되기도 전에, 흥미를 잃은 표정으로, 어둠 속으로 사라졌다.

화가는 2층의 침실에서 아내의 부축을 받으며 모든 광경을 하나도 놓치지 않고 목도했다. 화가는 무표정했고, 아내는 쉼 없이 눈물을 흘렸다. 그들은 말할 수 없는 비애에 휩싸였다. 화가가 침착한 목소리로 아내에게 놓아달라고 부탁했다. 아내가 화가의 곁에서 한 발짝 떨어지자, 그는 주저앉아 영혼 없는 사람처럼 나무 바닥을 바라봤다. 침실에 한기가 돌았다. 아내는 두꺼운 이불로 화가를 감쌌다. 하지만 화가는 한 손으로 어깨 위의 이불을 끌어 내렸다. 그는 고스란히 겨울을 받아들이고 있었다. 한참 동안 무엇인가를 응시하던 화가가 힘겹게 자리에서 일어났다. "나 좀 도와주겠어?" 화가가 슬픔 가득한 눈으로 아내에게 말했다. 아내는 고개를 끄덕였다. 화가는 아내의 부축을 받아 화실로 내려갔다. 화가는 지친 몸으로 화실 구석구석 자신의 그림을 찾았다. 그러고는 마을 사람들이 그러했듯이 자신의 그림을 벽난로 앞에 쌓았다. 놓친 것이 있을까 다시 한번 화가는 형사보다 더 세심하게 집을 헤집었다. 화가는 단 하나의 그림도 빼놓지 않고 난로 앞에 쌓았다. 아내는 그런 남편을 보고도 아무 말 없이 기다렸다. "힘이 하나도 없네." 난로 앞의 의자에 몸을 기댄 남자가 미소 띤 얼굴로 말했다. 아내는 말없이 남편의 얼굴을 쓰다듬었다. 화가가 고요한 공기를 흐트러뜨렸다. "여보, 이 그림…… 모두 태워 줘." 남편의 부탁을 들은 아내가 다시 눈물을 흘렸다. 화가가 우는 아내를 안았다. 가슴이 진정되자 아내는 화가의 부탁대로 나로 안으로 천천히 하나씩 그림을 집어넣었다. 차례차례 화가의 그림을 삼킨 작은 불은 점차 밝아졌다. 그 불이, 화가의 영혼을 태울 무심한 불이 화가의 집을 밝혔고 데웠다. 그사이 그림은 연기가 되어 굴뚝으로, 재가 되어 화가의 주변으로 휘날렸다. 타고 남은 영혼이 그의 머리카락을, 슬픔에 압도당한 그의 두 눈을, 떨리는 그의 두 어깨를, 얼음과 다를 바 없는 바닥을 맞이한 그 남자의 빨간 손바닥 그리고 결국엔 화가라는 이름을 가졌던 남자를 어루만지더니 사라졌다. 화가의 집은 다시 고요해졌다. "우리 이제…… 떠나자." 화가의 말에 아내가 눈물을 삼키며 알겠다고 답했다. 새벽, 구름 사이로 잠시 달이 내밀었을 때 화가와 아내는 짐도 없이 집 뒷문으로 빠져나와 아무도 찾지 않는 간이역을 향해 걸어갔다. 달은 다시 구름 뒤로 사라지고 짙은 눈이 부부에게 쏟아졌다. 누군가가 화가의 죄를 묻기 위해 따라온다고 하더라도 부부가 지나왔던 길, 둘이 남긴 흔적은 새하얀 눈이 덮어 주리라 믿었기에 부부는 돌아보지 않고 앞을 향해 나아갔다. 부부는 아침 직전 역에 도착했다. 화가의 지친 몸과 상처받은 영혼으로 인해 몇 배나 오랜 시간이 걸려 역에 다다른 것이었다. 화가는 아내의 권유에도 역에 들어가지 않았다. 플랫폼의 의자에 앉아 고스란히 눈을 받고 있었다. 아내가 화가 옆에 앉아 무릎 위에 남편을 누였다. 눈이 옅어지고 아침 해가 화가의 두 눈에 가득 찼다. "아름다운 겨울이야. 그렇지?" 아내가 고개를 끄덕이며 화가의 머리칼을 매만졌다. 화가는 사랑하는 아내의 손길을 받으며 잠이 들었다.

신문사로 전보 하나가 송달되었다. 익명의 누군가가 보낸 것으로 화가의 소송과 관련해 법원과의 견탁이라는 문구와 결과를 정정 보도하라는 내용이었다. 신문사는 즉시 정정 보도를 냈다. 신문 중간쯤, 문화 소식 뒤에, 곧 겨울이 가고 봄이 온다는 뉴스 뒤에 아주 작게 보도되었다. 기자는 사라진 화가가 궁금했다. 마을 사람들의 집회를 신문 전면에 내세우고 싶었지만, 그들의 회합은 화가의 실종으로 인해 누구도 들어 주지 않는 소리 없는 함성이 되었다. 기자는 화가의 소송과 관련된 모든 것에서 흥미를 잃었다. 마을 사람들 역시 책망의 대상이 혹독한 겨울과 함께 사라졌기에 표류하고 말았다. 그들은 일상으로 되돌아갔고, 그들이 했던 일에 대해서는 함구했다. 그렇게 보통의 날이 지나가던 어느 날 형사를 통해 화가의 사망 소식이 마을에 전해졌다. 형사는 주인 없는 화가의 집을 수색했다. 그러나 그를 반기는 건 건조한 공기 속에서 나선형으로 춤추는 그림의 재뿐이었다. 그는 단순 사고로 수사를 종결했다. 이전과 마찬가지로 사건 내용을 기자에게 전달했다. 메모는 호외가 되었다. 모두가 인류 최고의 화가가 떠난 것을 안타까워했고, 함께 죽음을 추모했다. 그 뒤로도 화가에 대한 찬사, 신이 내린 작품이라는 내용의 특별 기고가 이어졌다. 다만, 화가 스스로 자기 작품을 불태워 단 한 점도 남아 있지 않다는 것에 대해서는 아쉬움을 감추지 않았다. 한편, 소파에 앉아 신문을 읽던 형사의 눈에서 광채가 뿜어 나왔다. 그는 곧장 서재로 뛰어가 책상의 맨 아래 서랍을 열었다. 그곳에서 미완성의 자화상을 꺼내 책상 위에 올려놓은 뒤 그림 오른쪽 구석에 콩테 조각으로 화가의 이름을 새겼다. 그러고는 액자 안에 보기 좋게 집어넣었다. 형사는 왕관을 들 듯 조심스레 액자를 쳐든 채 시끄럽게 웃었다. 며칠 뒤 신문 1면 전체에 전시회 광고가 실렸다.

'자화상: 신이 된 화가전 개최'

책

책

알람이 울렸다. 남자가 팔을 뻗어 시계를 껐다. 침대에서 일어난 그는 끝에 걸터앉았다. 발을 바닥에 내딛기 전, 오른쪽 발끝으로 몇 차례 바닥을 두드렸다. 그다음 왼쪽 발끝으로도 가볍게 바닥을 쳤다. 남자는 침대에서 일어나 욕실로 향했다. 샤워를 마치고 옷을 갖춰 입은 뒤 현관에 섰다. 잠금장치를 풀었다가 잠그고, 다시 풀었다. 세 번 반복한 뒤 밖으로 나왔다. 문을 닫고 열쇠를 돌렸다. 금속 부딪히는 소리가 복도에 퍼졌다. 그는 다시 문을 열어 보고, 닫았다. 손잡이를 두 번 당겨 잠겼는지 확인했다. 집 밖으로 나온 남자는 회색 시멘트 외벽을 따라 균일한 보폭으로 걸었다. 모퉁이를 돌아 대로변으로 나오자, 자동차 소음이 밀려왔다. 그는 신호등 앞에 섰다. 초록 불이 켜졌다. 남자는 아스팔트 위, 흰색 선을 피하며 걸었다. 그의 움직임은 매끄럽지 않았지만 흐트러지지도 않았다. 인파 속에서는 양팔을 몸에 붙였다. 간혹 보도블록의 금이 눈에 들어오면 발을 비켜 걸었다. 서점 건물이 시야에 들어왔다. 남자는 속도를 늦췄다. 서점 창 앞에 서서 내부를 훑었다. 사람은 많지 않았다. 그는 서점 문 앞에 잠시 멈췄다가 문을 열었다. 종이 울렸다. 그 소리가 가라앉을 때까지 기다렸다, 곧장 고전소설 코너로 향했다. 그리고 책장 중앙에서 멈춰 섰다. 몸을 곧게 세우고 최상단 왼쪽부터 오른쪽으로 시선을 움직였다. 그러다 팔을 뻗어 책 한 권을 뽑아 다른 책 사이에 밀어 넣었다.

"순서가 잘못됐나?" 서점 주인이 다가와 말했다.

"잘못됐다기보다는 섞여 있습니다." 남자는 계속 책장을 정리했다. 노인은 고개를 끄덕이며 책장 옆에 섰다. 남자가 책을 밀어 넣는 동안, 노인은 그의 손등에 남은 잉크 자국을 보고 있었다.

"언제나 그렇지만 자네 덕에 소설 코너는 손댈 일이 없어." 남자는 하지 않으면 불편하다고 말했다.

"소설은 잘돼 가나?" 노인의 질문에 남자는 손을 멈추고 몸을 돌렸다. "퇴고 끝났습니다."라고 말하며 책 한 권을 꺼내 펼쳤다.

"좋은 책인데 오타가 있어요." 남자가 구절을 짚어 보였다. 노인이 미소 지었다. 그는 서고로 걸어가며 "여전하군. 어쨌든 축하하네."라고 말했다.

남자는 책을 다시 꽂고 한동안 책장을 바라봤다. 새 번역본이 보였다. 책을 꺼내 표지와 내지를 훑었다. 작가, 번역가, 목차를 빠짐없이 확인했다. 짧은 독서 뒤에 책 중간을 펼쳐 코 가까이 가져왔다. 종이, 잉크, 본드, 서점의 냄새가 섞여 올라왔다. 그 냄새를 깊게 들이마신 뒤 책을 덮었다. 그리고 계산대로 향했다. 계산대 종을 두드렸다. 서고에 있던 노인이 나왔다. 그는 남자의 얼굴을 보자 환한 표정을 지었다. "자네는 금방 찾을 줄 알았지. 이건 선물일세." 노인은 낡은 책 한 권을 올려놨다. 절판

된 판본, 남자가 들고 온 책과 같은 작품이었다.

"번역가가 달라. 비교하며 읽기 좋지." 남자가 사양했다. 노인은 남자의 손가락 사이에 끼인 돈과 책을 빼앗듯 가져갔다. 그러고는 두 권을 종이 가방에 넣어 잔돈과 함께 건넸다. 남자는 고맙다고 말했다. 노인은 책장 정리해 준 값이라고 답했다. 노인은 출판사를 정했는지 물었다. 남자는 고개를 저었다. "거절당했습니다." 노인은 남자를 바라보다 "크진 않지만, 괜찮은 출판사를 알아. 자네 글을 오래 지켜봤잖나. 다른 사람에게도 읽을 기회를 놓치게 하고 싶지 않아서 말일세."라고 말했다. 남자는 봉투 모서리를 매만졌다. 잠시 시선을 아래로 떨구었다가, 다시 노인을 바라봤다. "괜찮을까요?" 목소리는 작았지만 흔들리지 않았다. 노인은 고개를 끄덕였다. 남자는 숨을 길게 내쉬고 책가방 끈을 움켜쥐었다. "부담만 되지 않는다면 부탁드리고 싶습니다." 노인이 미소로 답했다. 남자는 그제야 또렷한 감사 인사를 표했다. 노인은 가능한 빨리 원고를 가져오라고 했다. 남자는 그러겠다고 답한 뒤 문손잡이를 잡았다. 나가기 전, 그는 다시 돌아서서 노인에게 고개를 숙였다. 문이 열리고 종소리가 울렸다.

햇살이 강하게 내리쬐었다. 남자는 왔던 방식 그대로 걸었다. 균일한 보폭, 일정한 호흡. 골목길에 들어서자, 소음과 빛이 줄었다. 먼지 사이로 눅눅한 냄새가 묻어났다. 안쪽으로 갈수록 벽에는 마르지 않은 빗물 자국, 바닥에는 썩은 음식물이 혼재해 있었다. 골목을 빠져나오자 익숙한 건물이 보였다. 남자는 무거운 철문을 당겼다. 좁고 어두운 복도를 지나 계단을 올랐다. 삐걱거리는 소리가 일정하게 울렸다. 3층에 닿았다. 그는 열쇠를 돌려 잠금 상태를 확인한 후 문을 열었다. 방은 책과 원고로 가득했다. 창에서 들어오는 빛이 책상 위로 길게 떨어졌다. 그는 의자에 앉아 원고를 펼쳐 손끝으로 부드럽게 쓸었다. 잉크와 종이의 질감이 전해졌다. 남자는 원고를 봉투에 넣고 자리에서 일어나 문으로 향했다. 잠금장치와 문고리가 차례로 손에 닿았다. 그는 계단을 내려갔다. 늘 그렇듯 계단은 소란스러웠다.

　남자는 노인이 건네준 쪽지를 쥔 채 낯선 건물을 찾고 있었다. 붉은 신호 앞에서 멈춰 선 그는 재차 쪽지를 확인했다. 차량의 굉음, 사람의 소음이 쉬지 않고 흘러들었다. 신호가 초록으로 바뀌었다. 사람들이 일제히 쏟아져 나갔다. 남자는 그 흐름에 섞였다. 누군가 그를 밀치고 지나갔고, 양쪽에서 몰려드는 인파가 그의 걸음을 흐트러뜨렸다. 걸음이 어그러지고 리듬이 깨졌다. 남자는 잠시 멈춰 주변을 살폈다. 소음, 움직임, 누구도 서로를 보지 않는 표정. 신호가 깜빡거렸다. 인파가 빠져나갔다. 도로가 비자 남자는 다시 횡단보도를 건넜다. 주소 근처에서 한참을 맴돌았다. 쪽지의 글자와 눈앞의 건물이 서로 맞물리지 않았다. 작은 출판사라는 노인의 말과 달리, 주변에는 그런 건물은 보이지 않았다. 남자는 긴 적벽돌 담을 따라 걸었다. 약속한 시간이 가까워지고 있었다. 담이 끝난 지점에서 하얀 펜스가 나타났다. 그 위엔 쪽지의 주소와 같은 표식이 걸려 있었다. 그는 종이와 건물을 번갈아 보았다. 그곳이 맞았다. 그가 외벽이라 생각했던 적벽돌 담이 건물을 감추고 있었다. 담 뒤로 유리 큐브가 일정한 규칙에 따라 쌓여 있었다. 차가웠으며 생기가 없었다. 순간 그는 알 수 없는 메스꺼움을 느꼈다. 주변의 어떤 것과도 조화롭지 않았다. 남자는 건물에 다가갔다. 매끄럽지 않은 유리가 그의 모습을 뒤틀어 비췄다. 그는 찢어졌다가 가늘어지고, 다시 비늘처럼 서 있었다. 건물은 그를 일렁이게 만들었다. 그의 미간이 깊게 찌그러졌다.

건물 내부는 옷을 진열한 쇼룸 같았다. 책 냄새나 먼지는 없었다. 한쪽 창은 적벽돌 담에 가려 있었고, 다른 창 너머로는 잘 관리된 정원이 보였다. 사람들은 커피를 마시며 책을 보고 있었지만, 누구도 읽지는 않았다. 그들은 책을 전시품처럼 들여다보았다. 남자가 로비에 멈추어 섰다. 돌아가고 싶은 충동을 느꼈다. 그가 망설이는 사이 희미한 목소리가 그를 붙잡았다. "어떻게 오셨습니까?" 안내 데스크의 여자가 그를 보고 있었다. 남자는 안내 데스크로 걸음을 옮겨 노인이 알려 준 대표의 이름을 말했다. 직원이 그를 긴 복도로 이끌었다. 복도 양쪽 쇼케이스엔 화려한 표지의 베스트셀러가 정확한 간격으로 놓여 있었다. 복도 끝에서 직원은 문을 두드리고 열었다. 남자는 옷을 정돈하고 안으로 들어섰다. 문이 닫혔다. 대표의 방에서 향수 냄새가 진하게 풍겼다. 대표는 눈을 감은 채 움직이지 않았다. 남자는 천천히 방을 둘러봤다. 한쪽 벽에는 베스트셀러가 가득 꽂혀 있었고, 다른 벽에는 유명 작가의 이름이 빼곡하게 적혀 있었다. 그중 몇몇 이름에는 검은 줄이 거칠게 그어져 있었다. 방 안의 가구는 손님용 의자 하나뿐이었다. 창도 시계도 없었다. 대신 거대한 거울이 방 안으로 들어온 손님의 뒷모습을 정확하게 반사하고 있었다. 대표가 조용히 눈을 떴다. 그의 시선은 남자가 들고 있는 봉투를 스쳤다. 그리고 이내 거울에 비친 남자의 뒷모습으로 옮겨 갔다.

 "오셨군요." 대표의 목소리는 차갑고 젊었다. 그는 책상 건너편의 의자를 가리켰다. "앉으시죠." 남자는 원고를 쥔 채 의자에 앉았다. 대표가 손을 내밀자 그는 원고를 책상 위에 내려놓았다. 대표는 무표정하게 몇 페이지를 넘겨 보다가 책상 한쪽에 놓았다. 그리고 작은 메모지에 무언가를 적기 시작했다. "노인한테는 신세가 좀 있어서요. 원고는 편집부에 넘겨 두죠. 알아서 잘 처리할 겁니다." 남자는 진행 과정은 어떻게 확인하냐고 조심스레 물었다. 대표는 연락처를 남기라고 답했다. 그 뒤로는 남자에게 눈길조차 주지 않았다. 남자는 주변을 한 번 둘러본 뒤 자리에서 일어나 가볍게 목례하고 나왔다. 문이 닫혔다. 대표는 내선전화기를 들어 편집장을 호출했다. 잠시 후 편집장이 들어왔다. 대표는 책상 끝으로 밀어 둔 남자의 원고를 가리켰다. "이 건은 인턴한테 줘 봐." 편집장은 남자의 원고를 들고 편집실로 돌아갔다.

출판사는 연락이 없었다. 남자는 외출에서 돌아올 때마다 우체통을 뒤적거렸다. 손에 잡히는 건 전단지와 세금 고지서 뿐이었다. 그 뒤로도 마찬가

지었다. 몇 주에 걸쳐 기대와 실망이 번갈아 그를 두들겼다. 남자의 시선은 우체통에, 청각은 전화기에 묶였다. 계단을 오르는 그의 걸음이 점점 느려졌다. 현관 앞에 선 그는 열쇠를 꺼내다 바닥에 떨어뜨렸다. 금속이 바닥에 부딪히는 둔탁한 소리가 흘렀다. 남자는 그것을 내려보다가 허리를 굽혔다. 검지로 열쇠를 끌어당겨 쥐었을 때, 얼굴에 열이 올랐다. 어금니가 꽉 물렸나. 현관을 열고 집 안으로 들어갔다. 문이 닫혔다. 다시 열쇠 떨어지는 소리가 들렸다. 직후, 문밖으로 남자의 고함이 퍼졌다. 방 안에서 그는 짧은 동선을 왕복했다. 세 걸음이면 벽, 다시 세 걸음이면 책상. 이걸 반복했다. 전화기는 조용했다. 사실은 단순했다. 누구도 그에게 연락하지 않았다.

남자는 창가에 서서 비 내리는 걸 지켜봤다. 흙냄새가 창문 틈으로 밀려들었다. 방 안의 공기가 무거웠다. 그는 현관 옆에 세워 둔 우산을 들고 밖으로 나갔다. 그에게 차량의 불빛과 소음이 들이쳤다. 차가운 비가 얼굴에 스쳤다. 우산을 폈다. 그는 목적 없이 걸음을 내디뎠다. 비릿한 빗물 냄새, 젖은 옷, 스쳐 가는 사람들의 체취가 얽히고 있었다. 그는 그 속으로 몸을 밀었다. 흰색 노면 표시가 빗물에 잠겨 희미했다. 남자는 그것을 더듬듯 밟으며 걸었다. 선이 보이지 않으면 보폭은 자연히 좁아졌다. 그의 감각은 과하게 예민해졌다. 젖은 종이, 찢긴 전단지, 물 위에 떠다니는 담배꽁초가 시야를 어지럽혔다. 비에 잠긴 거리를 통과하는 일은 불가능해 보였다. 남자는 쓰레기를 피해 몸을 비틀어 걸었다. 그때 누군가와 어깨를 부딪혔다. 남자는 그대로 넘어졌다. 우산이 나뒹굴었다. 곧이어 차 한 대가 물을 퍼부으며 지나갔다. 몇몇이 쓰러진 그를 흘끗 보고는 지나쳤다. 통제는 무너졌다. 남자는 턱을 굳게 물고 몸을 일으켰다. 주위를 둘러봤지만 우산은 보이지 않았다. 빗줄기가 인도 위로 거칠게 쏟아졌다. 경계는 흐려지고 쓰레기만 떠다녔다. 남자는 한숨을 내쉰 뒤 걷던 방향으로 다시 몸을 돌렸다.

신발에서 축축한 소리가 났다. 그는 목적 없이

걸었다. 언제부턴가 사람들의 모습이 사라졌다. 도시는 비어 있었다. 자동차의 주행음만 길 위를 스쳤다. 한참을 걷자 주변 풍경이 조금씩 변했다. 건물의 높이는 낮아졌고 조명은 희미했다. 그는 공장과 창고가 줄지어 선 구역에 들어섰다. 붉은 벽돌은 빗물에 젖어 검은색으로 번들거렸다. 남자는 낡은 버스정류장 앞에서 멈춰 섰다. 노선표는 빗물에 젖어 글자를 알아볼 수 없었다. 어디로 가야 할지 판단이 서지 않았다. 남자는 젖은 벤치에 앉았다. 코트 주머니에 손을 넣었다. 손에 젖은 종이가 잡혔다. 노인이 건넨 쪽지였다. 글씨는 번져 흔적만 남아 있었다. 다시 주머니에 넣었다. 몸에 냉기가 스몄다. 팔짱을 끼고 몸을 웅크렸다. 우체통, 전화기, 유리 건물, 벽돌 담, 노인의 쪽지, 서점 그리고 그가 앉아 있는 차가운 벤치가 순서대로 떠올랐다. 그는 버스가 올 때까지 기다리기로 했다. 웅덩이에 고인 빗물이 가로등 빛을 받아 반짝였다. 버스는 오지 않았다. 남자의 호흡에 감기 기운이 섞여 나오기 시작했다.

그는 벤치에 앉아 고심했다. 버스를 계속 기다릴지, 되짚어 돌아갈지 결정할 수 없었다. 턱이 떨렸다. 남자는 결국 자리에서 일어났다. 왔던 방향으로 발을 옮겼다. 비슷한 모양의 공장과 창고가 줄지어 스쳐 지나갔다. 몸에서 열이 올랐다. 그는 걸음을 재촉했다. 공장지대가 끝나 갈 즈음, 비상등을 깜빡이며 서 있는 택시가 보였다. 남자는 멈칫했다. 택시 요금이 아깝다는 생각이 떠올랐다. 그러나 몸이 더 급했다. 택시 쪽으로 뛰었다. 운전석 창을 두드렸다. 창이 조금 내려갔다. "운행하십니까?" 남자가 거친 숨을 몰아쉬며 물었다. "예." 기사의 목소리는 나른했다. 그는 기지개를 켰다. 남자는 말없이 뒷문을 열고 택시에 탔다. 문이 닫히자 차가 출발했다. 남자는 주소를 말한 뒤 팔짱을 끼고 눈을 감았다. 오래지 않아 택시는 남자의 집 앞에 멈췄다. 남자는 계단을 걸어 올라 문 앞에 섰다. 여러 번 자물쇠를 돌린 끝에 방으로 들어갔다. 그리고 며칠을 앓았다.

남자는 베스트셀러 코너에 놓인 책을 훑었다. 검
지로 표지를 문질렀다. 매끈하게 코팅된 종이의 감
촉을 느꼈다. 그러다 화려한 디자인의 책을 하나
집어 아무 페이지나 펼쳐 냄새를 맡았다. 짙은 본
드 향과 역함. 책을 덮었다. 둔탁한 소리가 났다. 남
자는 서점 안쪽으로 걸어가 늘 멈추던 자리에서 책
한 권을 뽑았다. 책을 펼치자 오래된 나무 냄새가
미약하게 섞여 나왔다. 그는 숨을 깊게 들이마시고
내쉬길 반복했다. 노인이 다가와 남자의 어깨를 두
드렸다. 노인은 초췌한 남자의 얼굴을 빤히 들여다
봤다. 안부를 물었다. 남자는 말을 얼버무렸다. 노
인이 다시 책 이야기를 꺼냈다. 남자는 짧게 대답
했다. 노인이 계산대로 돌아가 전화를 걸었다. 격
한 말이 짧고 빠르게 흘러나왔다. 남자가 책과 돈
을 계산대 위에 놓았다. 노인은 거스름돈을 건넸
다. "곧 소식이 올 걸세." 노인이 말했다. 남자는 고
개를 가로저었다. 노인은 남자의 어깨를 툭툭 쳤
다. 남자는 노인에게 인사하고 서점을 나왔다. 종
이 울렸다.

남자는 코트 주머니에 책을 넣고 바닥을 보며 걸었다. 집에 가까워질수록 들어가고 싶지 않아졌다. 배도 고팠다. 그는 고개를 들어 주변을 살펴봤다. 가까운 곳에 허름한 식당이 보였다. 문을 열고 안으로 들어섰다. 음식 냄새가 감돌았다. 구석 테이블을 골라 벽을 등지고 앉았다. 코트를 벗어 앞 의자 위에 가지런히 개켜 놓았다. 테이블을 닦던 직원이 다가왔다. 메뉴판에서 가장 싼 음식을 주문했다. 직원은 주문을 받아 적은 뒤 돌아갔다. 남자는 코트에서 책을 꺼내 테이블 위에 올렸다. 책을 읽고 넘기던 중 사이에 끼어 있던 두꺼운 검은 종이가 눈에 띄었다. 그것을 들어 살폈다. '러시아 거장전 VIP 초대권'. 뒤편에는 볼펜으로 쓴 짧은 글이 있었다. '기분 전환하고 오게.' 주문한 음식이 나왔다. 남자는 테이블을 정리했다. 그의 입가가 희미하게 움직였다. 숟가락을 든 채 티켓을 몇 번이고 들었다가, 눈앞으로 가까이 가져왔다. 전시 종료일이 며칠 남지 않았다. 식사를 마치고 옷과 책을 챙겨 식당을 나섰다.

남자는 미술관 앞에서 걸음을 멈췄다. 코트 주머니에서 VIP 초대권을 꺼냈다. 회전문을 지나 내부로 들어갔다. 로비는 조용했다. 안내 데스크 직원이 초대권을 확인하고 커다란 봉투를 꺼내 건넸다. "VIP 전용 선물입니다. 도록과 전시 안내서가 들어 있습니다. 즐거운 관람 되십시오." 봉투를 받은 남자는 로비 한쪽에 있는 소파에 앉았다. 봉투를 열고 안내서를 넘겼다. 도록을 꺼내 표지를 손끝으로 확인했다. 중간 페이지를 펼쳐 냄새를 확인하고 다시 봉투에 넣었다. 그러고는 전시실로 걸어갔다. 전시실은 은은한 조명 아래 고요했다. 바닥은 매끈했다. 남자는 일정한 속도로 벽을 따라 걷다 한 작품** 앞에 멈췄다.

검은 그림자들은 서로 엉켜 피멍처럼 번졌고, 뇌제의 눈은 비현실적으로 부풀려져 있었다. 그의 눈동자에는 죄책감, 슬픔, 분노와 그 모든 것을 한꺼번에 삼켜 버린 광기가 남아 있었다. 남자에게 그

** 일리야 레핀, 〈1581년 11월 16일 이반 뇌제와 그의 아들 이반〉, 1885.

의 표정은 익숙했으며, 두려울 만큼 친밀했다. 부정적인 감정이 밀려왔다. 남자의 호흡이 멈추고 눈이 흔들렸다. 구역질이 목구멍까지 밀어 올랐다. 그의 구역질은 그림 속에서 자신의 조각을 보아 버린 순간, 설명할 수도 원치도 않는 공명 때문이었다. 숨을 참고 건물 밖으로 뛰쳐나갔다. 그리고 길 위에 점심을 쏟아 냈다. 숨을 고른 뒤 주변을 살폈다. 근처 상점에서 물 한 병을 샀다. 조경수 뒤편에서 입을 헹구고 얼굴을 닦았다. 하지만 소매 끝의 얼룩은 지워지지 않았다. 남자는 공원 벤치에 앉았다. 팔짱을 끼고 고개를 내려 한참 동안 구두만 바라봤다. 코를 훔쳤다. 토사물 냄새가 올라왔다. 다시 고개를 들고 자리에서 일어났다. 남자는 집으로 돌아갔다.

오후 늦게, 출판사에서 보낸 우편이 도착했다. 우체부가 건넨 오렌지색 봉투에는 '편집 원고 재중'이라고 적혀 있었다. 남자는 봉투를 책상 위에 놓고 주변을 맴돌았다. 얼굴이 상기되어 있었다. 가위로 봉투 끝을 반듯하게 잘라 냈다. 원고가 모습을 드러냈다. 남자는 미약하게 웃었다. 원고를 다시 책상에 올려 두고 의자에 앉았다. 표지를 살폈다. '디자이너가 읽긴 한 건가.' 표지는 기묘했다. 손끝으로 그 질감을 훑었다. 그리고 평소보다 더 치밀하게 편집본을 들여다봤다. 폰트, 행간, 구성. 겉보기엔 정돈되어 있었다. 그러다 어느 지점에서 시선이 멈췄다. 고개를 갸웃했다. 같은 문장을 몇 차례 읽었다. 의자를 박차고 일어나 책장에서 복사본을 꺼냈다. 편집된 원고와 일일이 대조했다. 첫 번째 단편에 달아 놓은 주석이 없었다. 두 번째 단편에는 자신이 쓰지도 않았던 단어 하나가 끼어 있었다. 그 뒤의 단편엔 오타가 줄줄이 박혀 있었다. 마지막 단편 역시 주석이 빠져 있었다.

원고를 책상 위에 내리쳤다. 종이가 사방으로 흩어졌다. 책상을 짚은 남자의 손이 떨렸다. 종이를 바닥으로 쓸어 버렸다. 그리고 벽장으로 가 오래된 타자기를 꺼냈다. 책상 위에 놓고 종이를 끼운 뒤 손을 올렸다. 하지만 방 안에는 아무 소리도 나지 않았다. 남자는 자리에서 일어나 바닥에 떨어진 편집 원고를 주웠다. 쥐고 있던 원고를 책상에 내려놓고 순서를 맞춘 뒤, 의자에 앉아 멍하니 어둠 끝을 응시했다. 남자가 필통에서 빨간 펜 하나를 꺼냈다. 잘못된 부분에 줄을 긋고, 불필요한 단어를 도려냈다. 어느 곳에는 수정 부호를 넣었다. 그의 손은 정확했다. 한 장을 끝내고 다음 장을 펼쳤다. 페이지마다 붉은 선이 늘어났다. 밤이 깊었다. 빨간 줄이 원고를 뒤덮었다. 검토를 완료하자 펜을 내려놓았다. 그리고 곧장 타자기 쪽으로 몸을 돌려 타자를 시작했다. 딱딱한 타자음이 방 안에 울렸다.

수신인: 편집장

내용: 원고와 편집본 사이에 차이가 있어 수정했습니다. 수정한 부분은 붉은색으로 표시해 두었습니다. 주석은 제 의도이니 삭제하지 말아 주십시오. 오타는 몇 차례 확인했습니다. 제가 표시한 대로 반영해 주십시오.

추신: 2차 편집본은 언제 받을 수 있는지 궁금합니다. 1차 편집본은 오래 걸렸습니다.

발신인: ○○○

　다음 날 아침, 남자는 등기우편으로 원고를 보냈다. 며칠 뒤 출판사에 전화를 걸었으나 연결음만 들려왔다. 여러 번 반복했다. 하지만 응답은 없었다. 일주일 후 집에 돌아왔을 때, 우편함에 얇은 봉투 하나가 꽂혀 있었다.

　수신인: ○○○
　내용: 수정본 확인. 문제없음. 2차 편집 중.
　발신인: 편집장

　몇 주 뒤 또 다른 우편물이 도착했다.

　수신인: ○○○ 소설가님
　내용: 소설책 인쇄 마무리 중. 500부 예정. 전량 소설가님 주소로 배송.
　발신인: 편집장

남자는 파일철에 편지를 넣어 서점으로 달려갔다. 문을 열자, 종이 울렸다. 계산대는 비어 있었다. 노인은 보이지 않았다. 남자는 계산대를 지나쳐 쪽문 앞에서 멈췄다. 한 번도 들어가지 않았던 곳이었다. 틈 사이로 전구 불빛이 새어 나왔다. 문을 밀고 안으로 들어갔다. 노인은 작업대 앞에서 제본 중이었다. 작두날이 내려올 때마다 얇은 종이가 잘리는 날카로운 소리가 났다. 남자는 어둠 속에서 노인을 바라봤다. 노인의 흰 머리카락이 희미한 전구 불빛 아래 빛나고 있었다. 남자가 문을 두드렸다. 작두 소리가 멈췄다. "누구시오?" 남자는 노인에게 다가가 손에 쥐고 있던 파일철을 내밀었다. 노인은 편지를 꺼내 읽었다. 둘은 말없이 계산대로 나왔다. 노인이 통화한 뒤 전화를 끊었다. 남자는 멀리서 노인을 바라보고 있었다. 노인이 남자에게 손짓했다. "유명하지 않은 작가에게는 흔한 일이야." 노인이 말을 이었다. "홍보용으로 신문사 몇 곳에 책을 보내라고 해 뒀네. 내 서점에도, 큰 서점에도. 걱정하지 말게. 자네 집엔 50권 정도가 갈 거야.” 남자의 얼굴이 뜨거워졌다.

집에 돌아온 남자는 의자에 앉아 다리를 떨었다. 머릿속은 온통 책뿐이었다. 책에 남을 작은 흠, 오타, 원치 않는 흠결 그리고 영원히 남을 가능성. 손톱을 깨물었다. 왼손으로 오른손을 긁기도 했다. 좋은 결과, 그렇지 않은 결과, 다양한 가능성이 기계처럼 반복됐다. 그러다 왼손 검지 손톱 주변의 작은 각질이 눈에 들어왔다. 오른손으로 잡아당겼다. 잘 떨어지지 않았다. 힘을 줬다. 피부가 뜯겼다. 피가 맺히고 흘렀다. 통증이 손끝을 찔렀다. 남자는 책상 아래 쓰레기통에 피부 조각을 던져 넣었다. 그는 책과 원고를 정리했다. 그러다 손에 묻은 피가 원고 귀퉁이에 스며들었다. 남자는 쓰레기통을 다리 사이에 놓았다. 필통에서 가위를 꺼내 아주 얇게 원고를 잘라 냈다. 종이가 갈라지는 소리가 났다. 그리고 금속이 마찰하는 소음이 퍼졌다. 창밖에서 비가 내렸다. 공기가 바뀌었다. 하지만 남자의 가위질은 멈추지 않았다.

비에 젖은 우편 상자를 방 가운데 두고 남자는
주변을 서성였다. 상자는 비에 불어 있었다. 한쪽
모서리는 찢어져 비닐 포장재가 보였다. 50권. 상
자에는 그 정도의 책이 있을 것이다. 남자는 몇 걸
음 떨어져 상자를 바라보다 숨을 들이쉬었다. 상자
아래쪽에서 옅은 물 자국이 퍼져 바닥으로 스며들
었다. 점점 넓어졌다. 남자는 발뒤꿈치를 돌렸다.
그는 필통에서 가위를 집어 들고 상자 앞으로 돌아
왔다. 왼쪽 무릎을 바닥에 댔다. 가위를 중앙에 대
고 길고 느리게 상자를 그었다. 뚜껑이 열렸다. 비
닐 포장재를 찢었다. 맨 위 책 한 권이 드러났다. 손
을 뻗어 조심스럽게 책을 집어 책상 조명 아래 놓
았다. 그의 시선은 제목과 이름에 고정됐다. 표면
에 맺힌 물방울을 손등으로 닦았다. 손으로 표지
전체를 쓸어 보기도 했다. 입가에 걸린 미소는 사
라지지 않았다. 오른쪽 하단, 작은 찍힘이 있었다.
그곳을 손톱으로 눌렀다. 책장을 넘기며 날개, 목
차를 읽었다. 중간 페이지를 펼치고 짧게 냄새를
들이마셨다. 비릿한 냄새가 스쳤다. 목차로 돌아

와 페이지 위를 훑었다. 혹시 모를 미세한 불균형을 찾았다. 보이지 않았다. 지금까지 남자의 책은 완벽했다. 책상 위로 몸을 숙였다. 몸이 흔들릴 때마다 책 위로 그림자가 드리우다 사라지길 반복했다. 남자는 그저 책을 읽었다. 손가락 끝에 땀이 올라왔다. 손수건으로 양손을 닦았다. 다음 페이지는 자신이 표시해 두었던 첫 번째 오타가 있던 곳이었다. 오른손으로 책장을 넘겼다. 오타는 수정되었다. 숨을 내쉬었다. 독서가 빨라졌다. 그러다 종이 넘기는 소리가 멈추었다. 눈 밑에 경련이 일었다. 볼드체와 주석이 없었다. 잡고 있던 책장에 땀이 스며들었다. 책을 덮었다. 그리고 책상 아래로 몸을 숨긴 채 어금니를 깨물었다. 의자에서 일어났다. 책장 구석, 자신이 가지고 있는 유일한 음반[***]을 꺼내 틀었다. 피아노의 규칙적이고 반복적이며 느린 음이 방 안에 스며들었다. 음악이 끊임없이 이어졌다. 음악의 속도에 맞추어 계속해서 호흡을

[***] 에리크 사티, 그노시엔느(Gnossiennes)

가다듬었다. 호흡은 점차 안정되어 갔다. 책 옆에 백지 몇 장을 놓았다. 그리고 빨간 펜을 쥔 채 독서를 이어갔다. 오류는 첫 번째 편집 때와 크게 다르지 않았다. 눈 밑의 경련이 심해졌다. 종이에 적어 내려가는 손이 떨렸다. 글자를 알아볼 수 없었다. 목을 긁었다. 빨갛게 부풀어 올랐다. 책을 읽을수록 종이는 붉은 글씨로 채워졌다. 가져다 놓은 종이가 모자랐다. 책 위에 곧바로 수정을 가했다. 자를 대고 잘못된 곳에 빨간 줄을 그었다. 책의 끝부분, 그전에는 없었던 오타가 있었고, 볼드와 주석은 사라졌으며, 어떤 것은 다른 단어로 바뀌어 있었다. 펜을 내려놓았다. 팔을 뻗어 가위를 쥐었다. 책을 펼쳐 첫 번째 오타가 있던 페이지부터 잘라 냈다. 책을 찢어 잘못된 곳만 오려 내기도 했다. 첫 번째 책의 수정이 끝났다. 그는 방 중앙에 놓인 책 더미를 내려다보다 스스로 망가뜨린 책을 집어 던졌다. 그리고 외투를 챙겨 밖으로 나갔다.

거센 비는 그치지 않고 내렸다. 남자는 무심하게 길을 걸었다. 서점에 도착했다. 계산대를 거쳐 서고로 들어갔다. 제본하던 노인이 놀란 눈으로 남자를 봤다. "이유는 묻지 마시고 책 작두를 빌려주십시오." 노인은 작두에 시선을 옮겼다가 다시 남자의 얼굴로 되돌렸다. "조심해서 쓰게나." 노인은 작두날을 끈으로 묶어 남자에게 건넸다. 남자는 작두를 쥐고 서점을 떠났다. 노인은 서점 밖으로 나와 남자를 봤다. 그의 하얀 옷이 빗물에 젖었다. 노인은 고개를 흔들며 서점으로 돌아갔다. 남자가 집에 돌아왔을 때에도 여전히 음악은 재생되고 있었다. 그는 더미에서 책 한 권을 들어 작두와 함께 책상에 놓았다. 외투가 걸리적거렸다. 젖은 옷을 벗어 의자에 걸쳤다. 책을 펼쳐 작두 사이에 끼워 넣었다. 날카로운 날에 책이 잘렸다. 반복했다. 그럴 때마다 한 번에 자르는 양은 늘어 갔다. 책 절반을 한 번에 작두에 넣었다. 잘 잘리지 않았다. 체중을 실어 작두를 눌렀다. 작두의 균형이 한쪽으로 기울었다. 남자가 휘청거렸다. 책은 잘리지 않았다. 오히려 작두의 날은 남자의 손으로 향했다. 날이 그의 왼손을 베었다. 칼날을 들어 올렸다. 상처에서 피가 흘러내렸다. 옷장에서 아무거나 꺼내 손 위에 감았다. 다시 책상으로 돌아가 작두날을 풀어 헤쳤다. 그러고는 피 묻지 않은 손으로, 칼날의 손잡이를 잡고 도끼처럼 책을 후려쳤다. 책상이 파이고 종이 파편이 날아갔다. 음악은 멈추었다. 뒤로 돌아 책 더미로 다가갔다. 양손으로 날을 잡고 쉼 없이 내리쳤다. 그의 피와 종이 파편이 방에 흩뿌려졌다. 지친 남자가 바닥에 무릎을 꿇고 앉았다. 숨을 거칠게 몰아쉬었다. 쥐고 있던 작두는 내팽개쳤다. 빗소리가 들렸다.

남자는 허공을 응시하다 더미를 봤다. 어떤 책은 모서리가 잘려 나가고, 몇몇은 페이지가 반쯤 뜯겨 너덜거렸으며, 일부는 형태만 겨우 유지하고 있었다. 책 하나를 집었다. 표지에는 이름 일부가 남아 있었다. 책을 펼쳤다. 검붉은 얼룩으로 책이 더럽혀졌다. 손에 감은 옷은 남자의 피로 서서히 물들었다. 머릿속에서 레핀의 그림이 떠올랐다. 뇌제의 눈, 죄책감과 광기가 뒤섞인 얼굴이 겹쳤다. 남자는 옷으로 책에 남은 핏자국을 닦았다. 닦을수록 책은 추해졌고, 방 안의 공기는 굳어 갔다. '무슨 짓을 한 거야.' 그의 얼굴에는 분노, 두려움, 후회가 복잡하게 얽혀 있었다. 그의 눈은 방황했다. 그러다 상자에 닿았다. 상자 앞으로 걸어가 허리를 굽혔다. 덮개 모서리를 집어 올렸다. 젖은 골판지가 따라 올라왔다. 상자는 이미 모양을 잃었다. 그는 더미 근처에 상자를 놓았다. 방 안을 돌며 크고 작은 파편을 모았다. 파편 일부는 부서지거나 그의 손에 들러붙었다. 책상다리 뒤, 의자 아래, 바닥 틈에 끼어 있던 것까지 남김없이 주워 넣었다. 더미에 쌓인 책을 상자에 넣고 마지막 흔적을 정리했다. 상자를 들었다. 그리나 상자는 무게를 버티지 못했다. 갈라진 틈으로 책과 종잇조각이 바닥으로 쏟아졌다. 상자를 내려놓았다. 창밖으로 비가 유리를 타고 흘러내렸다. 달라지는 것은 아무것도 없었다. 책상 위 독서 등이 깜빡였다. 남자는 의자에 앉아 등을 가까이 끌어왔다. 전원 스위치를 눌렀다. 조명이 꺼졌다. 다시 눌렀다. 불빛이 켜졌다. 스위치를 반복적으로 눌렀다. 불빛이 꺼졌다, 켜졌다.

비가 멈추고 창틀에 빗방울 떨어지는 소리가 들렸다. 그는 그 소리에 맞춰 스위치를 눌렀다. 꺼졌다, 켜졌다, 꺼졌다, 켜졌다. 빗방울 소리가 사라졌다. 그는 멈추지 않았다. 손은 기계적으로 움직였고, 눈은 스위치에 고정되어 있었다. 주변이 어둡게 변해도 전등이 완전히 나가도 그의 손은 계속 올라가고 내려갔다. 눈은 충혈되고 시야는 흐려졌다. 방에는 남자의 리듬만 남았다.

「청춘의 소멸」속 청춘들은 무너지기보다 '조용히 소모됩니다'. 실패하거나 저항하기보다는, 도시의 요구를 내면화한 채 스스로를 조금씩 떼어 내지요. 이들의 비극은 어디에서 비롯된 것일까요?

아이러니하게 비극의 시작은 '청춘의 꿈' 때문입니다. 어릴 적 우리는 부모님이 일방적으로 그려 놓은, 그들이 희방하는 삶을 따라갑니다. 그리고 성인이 됩니다. 점차 부모님이 준 목표를 의심합니다. 그 과정에서 조금씩 내가 꿈꾸는 나는 누구일까, 라는 생각을 품고 그것을 찾고자 애씁니다. 막연한 희망, 긍정적 미래가 온전히 나를 차지합니다. 그러다 알게 됩니다. 부모님은 내가 그들의 삶보다는 좀 더 나은 삶을 갓기를 희망했다는 깃을 뒤늦게 깨닫습니다. 좌절, 실패, 타인의 존재. 그것이 내 안으로 들어와 나에 대한 의심으로 뒤바뀝니다. 꿈은 사라졌고 나는 평범하지도 않은 어른이 되었습니다.

「청춘의 소멸」은 도시인의 외로움에 대해 다시 생각하게 만드는 작품인 것 같습니다. 주인공 '나'가 도시 안에서 살아가며 느끼는 고독에는 작가님의 개인적인 경험도 녹아 있을까요? 혹은 어떤 순간에 특히 '도시인의 고독'을 절감하시는지 궁금합니다.

직간접적인 경험 모두 들어 있습니다. 어느 작가도 자신의 삶을 벗어나 글을 쓸 수 없습니다. 버지니아 울프는 '글이란 과거의 파편을 모아 형태를 만드는 작업'이라고 했습니다. 저 역시 제 삶을 다시 쌓아 글로 표현했을 뿐입니다. 그 과정에서 드러내고 싶지 않은 궤적, 사건, 생각이 드러납니다.

글을 쓰면서 제 인생의 경로를 거꾸로 탐색해 갈 수 있었습니다. 그러다 평범했던 하루가 떠올랐습니다. 야근을 마치고, 뒷골목을 통해 지하철로 가는 길. 그날 도시의 밤은 유난히 반짝였고, 그곳의 사람들은 행복해 보였습니다. 하지만 관찰자인 저는 동떨어져 있다는 느낌을 받았습니다. 모든 것이 있는 곳이었지만 내 것은 아무 것도 없다는 생각이 스쳤습니다. 그 생각을 가지고 걷다 보니 제 앞뒤로 저와 같은 사람들 역시 있음을 알게 되었습니다. '똑같이 살아가고 있구나, 내일은 다시 반복되겠구나, 그리고 나는 혼자구나.' 많은 도시인이 매일 느끼는 감정일 테지만, 그 감정에 너무 무뎌진 건 아닌가 걱정이 듭니다.

「청춘의 소멸」에는 이런 문장이 등장합니다.

내 안에 머물러 있는 고독을 잠깐 부는 바람으로 생각했어. 나를 반기러 온 친구일까 반갑기까지 했어. (본문에서)

이 문장에서 드러나는 '고독을 대하는 태도'가

인상 깊었는데요. 작가님께 고독이란 어떤 감정인가요?

고독은 항상 곁에 존재했고 영원히 제 곁에 머물 친구입니다. 저 문장에서 표현하고자 했던 건, 고독 대신 단 한 명도 '나를 찾고 있지 않다'는 것입니다. 수백, 수천만 명이 사는 대도시에서 '나'를 찾는 사람은 없습니다. 오직 고독만이 그 곁에 머물고 있습니다.

「청춘의 소멸」의 주인공 '나'는 끝까지 도시를 떠나지 않습니다. 떠날 기회도, 권유도 있었지만 모두 흘려보내지요. '나'에게 도시는 감옥이었을까요, 아니면 스스로를 증명할 수 있는 유일한 무대였을까요?

작중의 '나'에게 도시는 '자신을 증명할 수 있는 유일한 곳'으로 받아들여집니다. 어머니의 죽음, 연인과의 이별, O의 죽음 그리고 위태로움. 일련의 과정을 겪으며 '나'는 실패합니다. 그렇다고 도시를 떠날 수도 없습니다. 도시를 떠나는 것은, 글 중간에 표현한 대로, '나'의 결정에 모순을 만드는 것입니다. 아버지가 존재하지 않았다면 '나'는 영원히 도시의 감옥에 갇혔을 것입니다. 삶의 경로를 갑자기 비트는 것은 '나는 실패했다'를 인정하는 것입니다.

「청춘의 소멸」 후반부에서 '나'는 거울을 들여다보며, 어느새 도시인으로 변모해 버린 자신을 발견합니다. 작가님에게도 그런 '거울 같은 존재'가 있을까요? 나를 가장 똑바로 마주 보게 만드는 대상이 있다면 무엇인지 궁금합니다.

'고독'입니다. 가장 위태로운 순간이면서, 동시에 나를 반추할 수 있는 유일한 것입니다. 오롯이 내게 집중해야 과거와 현재와 미래의 나를 바라볼 수 있다고 생각합니다. 오랫동안 고독 속에 놓인 삶은 혹독합니다. 하지만 두려워하지 않았으면 합니다. 고독이 무서워 타인에게 의탁하는 것 역시 자신을 갉아먹을 수 있습니다. 나를 마주 보기 위해선 내가 필요합니다. 그리고 사랑하는 사람 단 한 명이 필요합니다.

「구류 3일」에서 화가는 끝까지 '그리지 않는 자' 로 남습니다. 소녀도, 아내도, 결국 자기 자신도 제대로 그리지 못한 채 자화상만 반복하지요. 이렇게 설정하신 데에는 특정한 모델이나 인물적 성향이 염두에 있었을까요?

작품에서 직접 설명하지 않은 인물의 특성에서 비롯된 설정입니다. 에곤 실레는 실제로 자화상을 많이 그린 화가로도 유명합니다. 소설에서 저는 '에곤 실레'라는 실존 인물에 강한 나르시시즘(Narcissism)을 덧씌웠습니다. 그렇기에 소설 속 '화가'는 자신을 제외한 타인 누구도 그릴 수 없었던 것입니다. 감옥에서 아내의 얼굴을 떠올리지 못한 것 역시 그 설정의 연장선입니다.

「구류 3일」은 성범죄의 진위 여부보다, 한 인물이 사회적으로 소비되고 처벌되는 과정을 집요하게 따라갑니다. 작가님은 '무고 가능성'과 '피해자의 진술' 중 어느 쪽에 더 무게를 두고 싶으셨나요?

제국시대, 독재시대에는 시스템에 의해 개개인이 폭력을 당해 왔습니다. 그런 시절이 지나고 사람들은 파편화되었습니다. 이 글에서 제가 다루고자 했던 주제는 '파편화된 개인이 모여 만든 행위, 대표되지 않은 대중의 폭압'입니다. 옐로저널리즘과 그에 선동되는 대중의 행태, 그리고 대중의 행동에 부징당하는 예술가를 표현했습니다. 언론은 확인되지 않은 사실을 사실처럼, 진실처럼 다루었고 대중 폭력의 시발점을 만듭니다. 언론 보도에 의해 대중은 예술가의 영혼을 말살하려 합니다.

문제는 대중이 예술가의 삶을 그저 가십거리로 치부한다는 것입니다. 「구류 3일」에서는 예술가로 한정해 다루었지만, 현대에는 예술가, 연예인, 미디어에 노출된 사람, 때로는 평범한 사람 모두가 그러한 취급을 받습니다. 대중이라고는 하지만 극히 소수가 익명성 뒤에 숨어 재미로 그런 행동을 하고 있고, 앞으로도 그럴 것입니다. 성범죄에 대한 법적인 판단, 과정은 글을 위한 수단입니다.

「구류 3일」을 쓰는 동안, 스스로 가장 많이 검열하거나 끝내 쓰지 않기로 한 문장이 있다면 무엇이었나요?

쓰지 않으려고 한 것은 없습니다. 오히려 무엇을 써야 할지 결정이 서지 않았습니다. 「구류 3일」은 실제 에곤 실레 사건에서 착안했습니다. 사건 자체의 리얼리티를 추구했다면 역사소설에 가까웠을 것입니다. 지금 그 사건이 어떠한 의미를 가질 수 있는지 해석해야만 했습니다.

「책」의 주인공은 세계를 통제하려는 인물처럼 보이지만, 끝내 통제하지 못하는 것은 타인이나 출판사가 아니라 '자신의 책'입니다. 이 파국에서 '출

판·편집 시스템'이라는 외부 폭력과, 완벽성을 절대 기준으로 삼는 주인공의 내부 질서는 어떤 방식으로 맞물려 작동하고 있다고 보셨나요?

외부 폭력이 남자의 질서를 무너트렸기에 그 원인이자 결과물을 없애려고 한 것입니다. 그것만 사라진다면 자신이 추구하던 완벽성은 그대로 남게 됩니다. 주인공에게 책은 완벽성을 갖추었을 때에만 존재의 이유가 있으며, 그렇지 못하다면 없어도 그만인 존재입니다. 책은 자신의 생각을 전달할 매체가 아닌 자신의 완벽성을 증명할 도구인 것입니다.

이 작품에서 '책'은 읽히는 대상이기보다, 냄새를 맡고 만지고 자르고 파괴해야 하는 물체로 반복해서 등장합니다. 작가님에게 '책'이란 어떤 존재인가요?

저에게 '책'은 전달 매체입니다. 말 그대로 제 생각을 독자에게 전달하는 것입니다. 만약 그것이 책

임이나 짐이라면, 시간이 지날수록 그 무게를 지탱
할 수 없을 것입니다.

**만약「책」의 주인공이 끝까지 붙들고 있던 것 가
운데 하나를 내려놓을 수 있었다면, 이러한 파국을
피할 수 있었을까요?**

표면적으로 '정확성'을 포기했다면 파국은 피
할 수 있었습니다. 하지만 주인공은 강박으로 존재
합니다. 제가 설정한 주인공은 강박장애(Obsessive-
compulsive disorder; OCD)가 있습니다. 그 강박장애가
완벽성을 만들어 내는데, 그것이 사라진다면 주인
공의 존재 이유도 사라집니다.

**소설집에 수록된 세 작품 속의 인물들은 모두 무
너지기 직전의 지점에서 도망치거나 저항하기보
다, 오히려 스스로에게 더 엄격해지는 선택을 반복
합니다. 이 반복을 통해 작가님이 끝내 포착하고
싶었던 것은 무엇이었나요?**

스스로에 대한 구원 직전에 느낄 고통을 표현하고 싶었습니다. 존재에 대한 부정은 내면에서, 타인에게서, 거대한 시스템을 통해 다양하게 나타납니다. 그 부정은 수용자로 하여금 필연적인 고통을 수반합니다. 「청춘의 소멸」은 나의 실패를 인정하고 결정을 바꾸는 모순으로, 「구류 3일」에서는 자신의 영혼을 소각하는 것으로, 마지막으로 「책」은 자신의 강박을 조금 더 강화하는 방향으로 나타납니다. 결론적으로 주인공 모두 패배합니다. 이것은 지금까지 써 온 글들과 당분간 쓸 글의 구상 1단계로, 타인에 의한 존재 부정에 해당합니다.

소설집 『청춘의 소멸』을 어떤 독자에게 추천하고 싶으신가요? 혹은 독자가 어떤 상태와 속도로 읽어 주었으면 하는지도 듣고 싶습니다.

독자층을 생각해 본 적은 없습니다. 아마도 제목 때문에 20~30대 분들이 호기심을 느낄 수 있을 것 같습니다. '내 삶은 어떨까?' '내 삶은 어땠을까?'라는 질문을 가지고 읽어 주셨으면 합니다. '나'의 이야기에서 그치는 게 아닌, '우리'의 이야기로 뻗어 갔으면 합니다.

우리는 어디에서 실패했고 상처받았으며 왜 이렇게 되었을까, 라는 근본적인 질문을 다루고 싶었습니다. 타인은 우리를 보며 괜찮다고 하지만 좌절하게 된 이유를 말하고 싶었습니다. 이 책을 읽고 조금은 더 굳건한 내가 되기를 소망합니다.

길고도 먼 축원

—나태주(시인)

　나는 이 사람의 소설을 많이 읽어 보지 못했다. 다만 단편을 한두 편 읽었을 것이고 산문을 읽었을 것이다. 그렇다. 나는 이 사람의 소설이나 글보다 인간을 더욱 먼저 알고 잘 안다. 이 사람은 공주에서 태어난 사람으로 대망을 안고 대도시로 나갔다가 무슨 까닭인지 젊은 나이로 그 삶을 접고 다시 시골 도시 공주로 돌아온 사람이다. 그때 내가 이 사람을 만났다. 그러고는 한 직장에서 일하는 사람이 되었다. 이 사람을 나의 직장으로 이끈 사람도 나다. 나는 교언영색(巧言令色)과 표리부동(表裏不同)을 지극히 싫어하는 사람이다. 이 사람은 바로 그런 점이 없었다. 다만 담백했다.

그런데 함께 직장 생활하는 어느 사이, 이 사람이 글을 쓰기 시작했다. 그것도 소설을 쓰기 시작했다. 전혀 예상치 못한 일이었다. 일찍이 대학에서 심리학을 전공했던 사람이다. 그런 사람이 왜 글을, 그것도 소설을 쓸까? 그 이유를 나는 제대로 알 수 없다. 다만 나 자신, 글 쓰는 사람으로 보건대, 그에게 그런 필연성이 내재(內在)해 있었고 또 글을 써야만 하는 꿈이랄지 소망 같은 것이 언제부턴가 분출하고 있었음은 불명하다.

'글은 곧 사람이다.' '모든 글은 자서전이다.' 이 두 가지 말을 나는 철저히 믿는 사람이다. 한동일의 글, 한동일의 소설은 한동일 그 사람의 인생, 그 사람의 인격을 크게 벗어나지 않는다. 내가 알고 있는 인간 한동일처럼 교언영색하지 않고 표리부동하지 않을 것이다. 다만 담백하고 솔직한 속성을 지녔을 것이다. 다시금 특색을 말한다면 단순 명쾌 그 자체일 것이다. 그리고 또 무엇인가, 누군가에겐가 쉽게 영합하지도 않을 것이다. 이것은 글로

서, 문인으로서 아주 많이 중요한 문제다. 하나의 신뢰이기도 하다. 바닥이 보일 정도로 맑고 적확한 문장. 거짓 없는 내용, 삶에 대한 철저한 증언. 이 정도면 충분한 장점이다. 하지만 그는 지금 조바심하지는 말아야 한다. 혹여 쉽게 유명해지고 싶어 하거나 책이 많이 팔리는 소설가가 되고 싶어 하거나 그런 부수적인 소망은 당분간 내려놓는 게 좋을 것 같다.

그래서 나는 한동일 소설가에게 말하고 싶다. 쉽게 읽히는 소설가가 되지 말라. 책이 많이 팔리는 작가가 되기를 서둘러 소원하지도 말라. 그런 소설가는 오늘날 한국에 너무나도 많고 흔하니까 좀 더 희귀한 소설가가 되라는 말이다. 이것은 고난의 길을 안내하는 말이기도 하지만 내 나름 경험에서 나온 길고도 먼 축원이기도 하다.

아직은 멀었다. 멀리 가라. 가서 더 좋은 것을 보고 더 좋은 것을 듣고 돌아와 이야기해 달라. 그대 인생은 아직 멀었다. 날마다 새로운 날이고 시작인 날이다.

청춘의 소멸

지은이	한동일
펴낸이	박진우
브랜드	그린스트로우
편집	김은혜
디자인	김보경

초판 1쇄 인쇄	2026년 3월 10일
초판 1쇄 발행	2026년 3월 20일

펴낸곳	오케이프레스
출판신고	제 2024-000106호
주소	10874 경기도 파주시 청석로 272, 10층 1004-455호
E-mail	f83project@gmail.com
Instagram	@greenstraw_book
ISBN	979-11-988922-6-3 03810

· 그린스트로우는 오케이프레스의 문학 브랜드입니다.
· 출판사와 저자의 허락 없이 내용의 일부를 인용하거나 발췌하는 것을 금합니다.
· 가격은 뒤표지에 있습니다.